리셋

문혜영
소설 쓰는 사람이다.
제주에서 태어나고 자랐으며 2007년 신춘한라문예 소설 부문에 당선되며 소설가로 첫 발을 내딛었다. 2016년 경북일보 문학대전 입상, 2017년 동양일보 신인문학상 소설 부문에 당선되면서 전업 작가의 길을 걷고 있다.
작품집으로는 2019년에 출간한 첫 단편소설집『전갈자리 아내』가 있다. 초승문학동인, 소설동인 애인, 제주 시조시인협회 회원이다.

리셋

2022년 10월 28일 초판 1쇄 발행

지은이 문혜영 **펴낸이** 김영훈 **편집인** 김지희 **디자인** 나무늘보, 이은아, 김지영
펴낸곳 한그루 **출판등록** 제6510000251002008000003호
주소 제주특별자치도 제주시 복지로1길 21 **전화** 064 723 7580 **전송** 064 753 7580
전자우편 onetreebook@daum.net **누리방** onetreebook.com

ISBN 979-11-6867-052-5 (03810)

이 책은 제주특별자치도와 제주문화예술재단의
2022년도 제주문화예술지원사업 후원을 받아 발간되었습니다.

값 12,000원

리셋

문혜영 소설집

내게 머물게 된 순간부터

한 영혼을 나눠 가진 나의 반쪽

김원태 님께

고마움과 사랑을 담아

프롤로그

어릴 적 나는 우주에서 바라보면 내 존재는 보이지도 않는 먼지 같은 것이라고 생각한 적이 있다. 보잘것없는 나라서 아무도 알고 싶어 하지 않을 거라 믿는 나는 아주 소심한 아이였다. 지금은 안다. 사실 나는 광활한 우주 속 먼지조차 될 수 없다는 걸.

그렇다고 내가 존재하지 않는 것도 아닌데 그 누구라 불리든 아무것도 아닌 것으로 스쳐가든 무엇이 그리 중요할까? 살아가는 데 어떤 의미이면 뭐 어떠랴 생각하게 되면서, 내가 살아가는 것은 먼지로라도 인정받기 위한 것이 아니라는 것을 알게 되었다. 주어진 내 삶이 허락되는 그 모든 시간을 나는 그저 뚜벅뚜벅 걸어왔고 걸어가게 될 뿐인 걸. 그래서 이 소설집을 쓰는 내내 나는 기억과 시간에 잘 조련된 글자들을 기꺼이 찾아다녔다.

내 모든 감각이 아직 꿈틀거리며 살아있음에 너와 나를 이해하는 그리고 위로하는 작은 상상력이 혈관을 따라 이동하고 있기를 바라니 글자들은 악다구니로 손가락 마디마디로 기어올라왔다. 기절하지 않고 버티며 글자들을 혼신으로 엮어내온 모든 날들, 그 몇 년을 견뎌온 부실하기 짝이 없는 내 눈과 내 몸에 잘 견뎌줘서 고맙다고 전해본다.

흔들린 눈동자 어쩔까

서로를 알아본 원죄인 걸

- 문혜영 시 '붉은 원죄' 중에서

유리그물

"소리가 지나간 자리에

진동하는 짙은 향기에 중독된 듯

나는 매일 그 여자가 떠난 흔적에 멈춰 서 있다."

너는 펼쳤던 날개를 슬쩍 접고 경비가 내려놓은 힐에 제 발을 넣으려 한다. 젖어버려 커피색이 되어버린 스타킹에 무언가 쩌~억 달라붙는다. 떨어낼 수 없는 그것을 한쪽 발을 깡충 들어 털어내지만 소용이 없다.

바람이 불어와 연보랏빛 원피스가 펄럭인다.

 # 나

걸어오는 동안 다 젖어버렸다. 비를 흠뻑 먹은 원피스가 온몸을 아래로 늘어뜨린다. 나무 무늬 시트지를 입힌 현관문에 나뭇잎처럼 바짝 붙어선 그가 말을 걸어온다.

"껌 줘."

나는 아무 대꾸도 않고 그 앞을 지나쳐 방문을 닫아 버리고 비에 젖은 원피스를 얼른 벗어버린다. 팔목 부분이 늘어져 유난히 팔이 길어 보이는 트레이닝복 상의를 집어든 나는 급하다 못해 과격하게 그것을 입는다. 침대에 던져두었던 분홍빛 퀼트숄더백을 뒤집어 안쪽을 탈탈 털어본다. 이름도 다양한 껌들이 우수수 쏟아진다.

껌 무덤에 엉켜 떨어진 물건들 중 낡은 뿔테 안경을 꺼내든다. 화장대를 덮은 하얀 천에 새겨진 부부 얼굴이 눈에 들어온다. 9년 전 모습이 담긴 사진 한 장을 그대로 옮겨놓은 십자수다. 촘촘한 십자무늬들이 붉은 입술 속 하얀 치아를 눈부시게 드러내어 웃고 있다.

9년째 늙지도 않는 그들은 오늘도 웃고 있다. 그러잖아도 눈이 아려 눈물이라도 한바탕 쏟아내고 싶던 차에 눈동자에서 렌즈를 벗겨낸 나는 그것을 아무렇게나 팽개친다. 눈을 위아래로 깜빡이며 방문을 열고 거실로 나오는데 그는 아직도 현관문 옆 신발장처럼 붙박이로 서 있다.

나는 가끔 그가 식물이라는 생각을 한다. 숨은 쉬고 있지만 스스로 무언가를 할 때마다 자신을 버거워하는 그 사람. 어느 순간 내가 없으면 살아남지 못할 듯 내게 모든 걸 기대려는 그 사람. 그는 화분에 심어둔 몸을 이리저리 햇빛을 찾아 옮겨주지 않거나 물과 양분을 공급해주지 않으면 곧 시들어버릴 그런 존재가 되어버렸다.

정말 그는 이제 혼자서 살아갈 수 없는 것일까. 차라리 그를 그냥 버려둔 채 혼자 어딘가로 떠나버릴까. 다소 이기적인 생각을 한 적도 있었다. 그는 아직도 현관문에 기댄 채 바람 맞은 나뭇잎처럼 흔들리며 서 있다. 그런 행동을 할 때는 으레 원하는 것이 있을 때임을 익히 알고 있는 나는 다소 신경질적이 되어 묻는 게 당연한 일상이 되어버렸다.

"왜요?"

"껌!"

"뭐라고요?"

"껌 내놔."

"뭐라고요? 껌이라고요? 껌을 내놓으라고요?"

나도 모르게 갑자기 화가 나기 시작한다. 그가 말한 한마디는 '껌'의 행방에 관한 것이었을 뿐인데 나는 매우 건조한 상태라 작은 불씨 하나로도 화르르 타버릴 것 같은 상태가 되어버린다. 그렇게 나는 저주의 눈빛으로 바보 같은 그를 향해 그동안 참았던 말들을 쏟아내기 시작한다.

"그게 뭐죠? 당신이 오래 살아보려고 생명유지 수단으로 이용하는 그거 말인가요? 담배 중독처럼 당신에겐 마약이 되어버린 그 껌 말인가요? 당신은 살기 위해 그걸 씹어대는데 난 단 한 개도 씹지 않는다는 거 알아요? 아니 그 많은 껌에 붙은 이름조차 나는 알고 싶어 한 적 없다는 걸 알고는 있나요?"

의아한 듯 바라보는 그를 보며 나는 그동안 차마 하지 못했던 그 말들을 쏟아내고야 만다. 목구멍을 막아 오랫동안 눌러왔던 그 껌 같은 말들을 쏟아내지 않으면 안 될 것처럼. 오늘만은 내가 그렇게 해야만 하는 날이다. 그래야 다시 숨 쉴 수 있을 것 같으니….

"아니, 아니고. 껌만 주면 되는데? 엄마."

그는 가끔 잊는다. 내가 누구인지를….

"엄마? 엄마라고? 난 뭐예요? 껌 심부름이나 해야 하는 하녀인가요? 아니면 그보다도 못해 화장실 휴지통에 잔뜩 쌓아둔 단물 빠진 껌 딱지만도 못한 존재인가요? 내가 왜 그런 취급을 받아야 해요? 내가 왜 그런 취급을 받으면서까지 그 많은 껌을 지쳐죽겠는 밤마다 사와야 하나요? 왜 내가 오늘 같은 날까지 그걸 사와야 하나고요? 도대체 왜요? 왜 왜 왜?"

"아니, 아니, 엄마 난 그냥……."

"그냥 뭐요, 뭐."

그는 알지 못한다. '그냥'이란 그의 말 한마디 한마디에 내가 그 하루하루를 얼마나 힘들게 견뎌왔는지를….

"제발 날 버려질 껌으로 취급하지 말아요. 당신마저 그러면 난 어떡하라고요. 당신은 몰라도 난 이제 그 껌을 사오고 싶지 않단 말예요. 그러면 내가 너무 초라해진단 말예요. 당신이 씹다 버린 껌이 되어버리는 것 같아 비참해진다고요. 나 난…… 정말 껌이 싫어요. 이젠 싫어요. 다시는……."

나는 다시 안방 문을 열고 매몰차게 쾅 닫아버린다. 침대에 엎드려 울고 있는데 얼마 지나지 않아 현관문에 달아놓은 풍경 소리가 들린다. 문이 열렸을까? 누군가 문을 열려 한 걸까? 하지만 그는 아니다. 그냥 바람일 뿐. 그 문은 얼마 전부터 나만의 출입구가 되어버렸고 그는 그 문을 열 리가 만무하다. 심지어 그가 그 문을 열고 나간다는 건 불가능하다. 그러니 그건 바람에 흔들리는 싸구려 풍경 소리일 뿐임을 나는 이미 알고 있다.

둔탁하게 철문 닫히는 소리가 들린다. 옆집에서 들리는 소리가 분명하구나 싶어 나는 그대로 눈을 감아버린다. 두 팔을 펴자 내 몸 주위에 가방에서 쏟아져 나온 껌들이 느껴진다. 눈을 떠보니 그것은 아무렇게나 흩어져 있다. 나뒹구는 껌들을 보고 있는데 어느새 뺨이 젖고 있다. 자꾸만 눈물이 흘러내리는데 나도 그 이유를 모르겠다. 무엇이 그리 서러운 것인지를 난 정말 모르겠다. 알고 보면 늘 그대로였고 아직 그대로인데 십자수에 새겨진 우리 둘이 아직 여기 있고 아직 사랑하고 있을 텐데. 왜 이리 눈물이 나는 걸까. 뜨거운 피를 뿜어내는 심장에서 돌아 나온 이 마음은 왜 이리 서늘하게 흘러내리는지를. 난 정말 모르겠다. 그 이유를…….

나의 눈물에 옥빛 면 시트가 어느새 연한 쪽빛으로 물들어 간다.

오늘 나는 평소에는 끼지 않던 렌즈를 끼고 지냈다. 중학교 1학년부터 껴오던 안경 탓에 코 주위에는 안경 코만큼 깊은 홈이 파여 있지만 어제 산 잡티 커버용 화장품으로 대충 그 윤곽을 감추었다. 되도록 밝은 톤의 파운데이션을 그곳에 잘 문질러 발라 두어 그림자를 지웠다.

렌즈가 들어가면 늘 부작용을 일으키는 눈이 오늘도 약간 말썽이긴 했다. 반나절 정도 지나자 점점 빡빡해지는 느낌이 들면서 금방이라도 눈동자가 튀어나올 듯 아파왔다. 열 시를 넘긴 시각인데도 따가운 눈을 참으며 렌즈를 끼고 있는 나의 눈은 흰자위 가장자리가 붉게 충혈되어 있을 게 뻔했다. 하지만 오늘은 렌즈를 끼지 않으면 안 되는 이유가 있었다. 왜냐하면 평소에는 엄두도 못 내던 분홍 원피스를 입었기 때문이었다. 분홍 원피스를 오늘 꼭 입겠다는 생각은 벌써 6개월 이전부터 벼르던 바였다.

대학을 졸업하고 한 달 만에 들어간 작은 회사는 도시에서 좀 떨어진 외곽에 위치해 있었다. 내가 버는 돈을 기다리는 세 식구를 위해 나는 기꺼이 내 삶을 조금씩 할애해야 했다. 고객과 가족 사이에서 많은 시간을 보내다 보니 연애다운 연애도 한번 못 해 보고 어느새 20대 후반이 되어 있었다. 20대가 끝나던 그 마지막 날. 문득 나는 내게 주어진 젊음이 바싹 시들어져 가고 있음을 깨달았다. 왜 그렇게 시들었는지도 모른 채 지나쳐버린 하루들이 갑자기 억울했고 아깝다는 생각이 든 것은 바로 그때였다.

그날 나는 갑작스레 근처 주차장에 차를 세워두고 상자처럼 세워진 상가들 사이를 잰걸음으로 돌고 또 돌아다녔다. 맘에 드는 물건을 구하기 위해 몇 시간을 그렇게 미친 듯 헤매고 다녔다. 늘 꿈꿔왔던 분홍 원피스를 사기 위해서였다. 이유는 오로지 그거 하나였다. 평소에도 길눈이 어두웠던 나는 그날 하루만 같은 가게를 두세 번 들어서는 결례를 범하기도 했다. 아마 분홍 원피스는 20대의 상징 같은 것이라고 나는 굳게 믿고 있었나 보다. 그러니 분홍 원피스를 입고 20대의 마지막을 보내는 일은 매우 중요한 의미가 있었다. 그렇게 힘들게 헤매다 마침내 맘에 드는 옷을 찾았을 때 점원은 당연하다는 듯 말했다.

"피로연 때 입으시면 정말 좋아요."

나는 아무 대꾸도 하지 않고 웃어 보였다. 그도 그럴 것이 그 연분홍 원피스는 클래식한 냄새를 풍기는, 새색시에게나 어울릴 만한 그런 류의 옷이었기 때문이었다. 목에는 둥그런 유선 모양의 깃이 한쪽은 크게 한쪽은 자게 달려 있었다. 그리고 왼쪽 목선의 끝자락에서 조금 내려오면 옷 색깔보다 조금 진한 분홍 장미가 앙증맞게 달려 있었다. 치마는 길이가 짧아 보였지만 다소 작은 내 키엔 오히려 잘 어울리는 적절한 길이였다. 게다가 허리선이 약간 위로 처리되어 있어 몸이 까치발을 선 듯 조금은 높아 보이기까지 했다.

몸에 맞는 옷을 찾는다는 것이 얼마나 힘든 일인지 그날 새삼 깨달았던 것 같다. 하지만 그 옷은 생각보다 너무 꽉 끼어서 도저히 입을 수가 없었다. 우울한 표정으로 옷을 도로 내미는데 눈치 빠른 점원이 살짝 귀띔을 하는 것이었다.

"맞는 사이즈는 있는데 지금 매장에 없어서요. 창고에서 찾아올 테니 한 30분만 있다 다시 들러주실래요?"

30분은 기다릴 수 있다고 생각한 나는 예보에도 없던 비가 내리기 시작하는데도 집으로 돌아갈 생각이 없었다. 30분 후에 그 옷을 입어도 서른이 되기까지는 두 시간이나 남았으니까. 다이어트를 한다며 군것질도 안 하던 내가 그날은 먹어본 적 없는 길거리음식을 찾아다니며 포장마차를 기웃거리기까지 했다. 그렇게 시간을 때우다 보니 점원이 말했던 시간이 거의 되었고 나는 30분하고도 10분이 조금 지날 즈음에 긴장하며 옷가게를 다시 찾았다. 그때 마침 꼭 맞는 사이즈의 분홍 원피스가 점원 손에 들려 옷걸이에 걸리려는 중이었다.

막냇동생 대학 등록금을 마련하기 위해 월급의 대부분을 저축해오던 내게 삼십구만 원은 너무 큰 지출이었다. 그러나 무슨 생각이었는지 서른이 되기 정확히 1시간 40분 전에 통 크게도 삼십구만 원을 신용카드로 계산했다. 신용카드 기계음이 카드 영수증을 뱉아내고 있을 때 찬란한 20대의 마지막은 그렇게 막을 내리고 있었다. 이제 거의 10년이 다 되어가는 옷이지만 다행히도 오늘 아침 그 옷을 꺼내 입었을 때 거짓말처럼 몸에 착 감기는 느낌이 들었다. 나는 10년의 세월을 이긴 내 자신이 그리고 변치 않은 그 분홍색이, 신기하고도 기뻤다.

그런데 옷을 입고 평소에 끼고 있던 뿔테 안경을 썼더니 도무지 어울리지 않는 것이었다. 분홍 원피스를 구입한 그날처럼 내겐 과감함이 필요한 날이기에 점심도 안 먹고 잠깐 외출

해서는 근처 안경점에 들렀다. 그리고 그 가게 화장실에서 코 언저리에 파인 홈을 화장으로 꼼꼼히 채워 넣는 것도 잊지 않았다. 오래 묵은 그 홈은 이상하리만치 어울릴 턱이 없는 커다란 구멍처럼 보였다. 그것은 잘 채워두지 않으면 다시는 되돌릴 수 없는 오래된 상처 자국 같은 착각이 들기도 했다. 어쨌든 불편한 과거 같은 그것을 오늘만은 잘 숨겨둘 필요가 있었다.

향수를 꺼내들고 손목에 살짝 뿌린 뒤 두 손목을 서로 맞추어 살짝 비벼댔다. 분홍 원피스도 렌즈도 그리고 그 향수까지 오늘 꼭 갖춰야 할 권리를 행하는 중이었다. L이 어제 준 그 향수는 앙증맞게도 작은 보라색 병에 투명한 몸을 잘 숨겨두고 있었다. 그 투명한 액체는 달짝지근한 향내와 톡 쏘는 듯 짙은 향이 오묘하게 섞여 있었다. L은 아마 알고 있었을지도 모른다. 오늘이란 시간에 담긴 그 의미를. 물어본 적은 없지만 나는 믿고 싶었다. 오늘만은…….

내가 편의점에 들어설 때마다 L의 얼굴에는 행복한 웃음이 가득 차 있었다. 무엇이 그리 좋은지 그는 단 한 번도 내게 웃어주지 않은 적이 없었다. 게다가 그는 무척 손이 빨랐다. 바지런한 손놀림으로 손님이 집어온 물품들을 삑 소리가 명랑하게 바코드를 정확히 갖다 대는 솜씨는 누가 보더라도 유쾌할 정도였다.

"3만 원입니다. 할인 카드나 포인트 카드는 없으세요?"

"아 네. 오늘도 잊고 그냥 왔네요."

"다음에는 잊지 마세요. 포인트 적립도 하지만 할인도 받으실 수 있는데, 자꾸 손해만 보시잖아요."

금빛 브리지가 살짝 빛나는 그의 흑갈색 단발 머릿결, 붉은 입술 새로 반짝이는 하얀 치아, 장신에 어울리지 않게 유난히 작아 보이는 하얀 그의 얼굴, 사내의 조그만 입술로 새어나오는 말들은 하루를 마무리하기 전에 주어지는 휴식과도 같은 선물이었다.

나는 거의 매일 그 24시 편의점을 찾았다. 딱히 사야 할 것이 있어서는 아니었다. 그곳에 가면 단골을 깍듯하게 대하는 친절이 있어서도 아니었다. 그냥 그곳이 좋았다. 힘이 들 때마다 내겐 그가 필요했다. 세상에 때 묻지 않은 사내의 진실을 사러 기꺼이 돈을 지불하는 일을 서슴지 않는 그 일이 나는 행복했다. 모든 사람들이 스트레스를 푸는 방법은 분명 다르겠지만 나는 스트레스를 24시 편의점에서 껌을 가득 사는 일로 풀고는 했다.

처음 껌을 집어온 날, L은 많은 껌들을 보며 짐짓 이상한 눈으로 나를 보더니 고개를 갸웃거리며 여러 종류의 껌 포장지의 바코드를 빠르게 찍어갔다.

"2만 원입니다. 할인 카드나 적립 카드 없으세요?"

그날도 L은 똑같은 질문을 했다. 어쩌면 나는 그 질문을 기다리고 있었는지도 모른다. 그의 카랑카랑한 고음의 목소리는 마음을 녹이는 묘약처럼 느껴졌다. 얼마 만에 느끼는 처음 같은 설렘이었던 것일까. 무엇을 시작하든 처음 그 설렘은 어떤 수치로 표현할 수 없을 것임을 아는 나는 이런 자신이 낯설었다.

하지만 나는 구입한 그 껌들을 단 한 번도 씹어본 적이 없다. 껌 이름을 알려고 노력한 적도 없었고 그 맛이 어떤 것인지도 알고 싶지 않았다. 그냥 껌이란 것은 누군가를 위한 일종의 놀이용품 같은 것이었다. 그것은 24시 편의점에서 사야 하는 물건이었고 한 남자에게 던져줄 특별한 마약이었다. 그것을 적절히 주지 않으면 그 남자는 견딜 수 없어 또 무슨 위험한 장난을 할지도 모를 일이있다. 위험한 장난을 하려는 아이를 위해 미리 해줘야 하는 보상 같은 것이 껌의 존재 이유였다. 그러니까 그 껌들은 내가 가장 부리기 쉬운 허세 같은 것이었다.

그것은 어느 날 갑자기 사지가 그리고 얼굴이 미쳐버린 듯 경직되어 버렸던 한 남자에게 내가 하게 된 봉사의 일부 같은 것이었다. 내가 잠에서 깨었을 때 남편은 액체로 흘러내릴 듯 흐물흐물 순식간에 무너져 내려 일어나질 못했다. 아니, 혼자 일어서려고 발버둥 쳤지만 점점 무너져 내리는 모양이었다. 동공이 제 자리를 잡지도 못하고 사지도 제대로 가누지 못해 풀썩 주저앉아버리는 것이 마치 갓 태어난 망아지와 같았다.

아무튼 이미 늦어버렸다. 한 삼십여 분이 다 되어갈 무렵에야 내가 잠에서 깨어난 때문이었다. 그를 발견했지만 나는 멍한 그를 지나 무심히 화장실에 다녀왔다. 내 눈에 비친 그의 모습은 술에 취한 모습과 별 다를 게 없는 탓이었다. 하지만 화장실에서 다시 나와 스치듯 보았을 땐 눈을 맞추지 못하고 그대로 누워있는 그에게서 뭔가 평소의 모습과는 다르다는 걸 느꼈다. 그의 눈동자는 허공의 어딘가를 응시한 채 반쯤 멈춰 있었다. 그 순간 깨달았다. 뭔가 잘못됐다는 것을.

순간 나도 모르게 소리를 질렀다. '절규!' 누군가 나를 보았다면 아마 그 명화 속 절규하는 자의 모습이 바로 나의 모습이었을 것이다. 떨려오는 손가락과 정신을 부여잡고 그제야 119를 불렀다. 다행히 목숨은 건졌지만 그는 더 이상 내 남편이라는 존재로 머물지 못했다. 그것은 미치도록 좋아하던 술과 담배 탓이었다. 재활치료를 하며 술은 물론이고 담배도 끊어야 했다. 하지만 이젠 담배를 끊으라고 술 좀 그만 마시라고 말할 필요가 없었다. 그의 기억 속에는 그런 것들이 존재한 적이 없기 때문이었다. 기억을 많이 잃어버린 그는 가끔 나를 기억하지 못했다. 때때로 어린아이가 되어버리는 그는 나를 엄마라고 부르기도 했다. 내가 아내였다는 사실을 인지한 듯 행동하기도 했지만 곧바로 그걸 까먹어버리곤 했다. 남편은 그 후론 전에 않던 주전부리를 찾기 시작했다. 그중에 제일 적절한 주전부리, 그게 바로 껌이라는 놈을 씹는 거였다.

그나마 걸을 수 있게 되고 서서히 마비된 근육도 돌아오고 있었지만 아직 반쪽 근육이 완전히 제자리를 잡지 못한 상태에서 껌을 씹는 건 쉬운 일이 아니었다. 하지만 그거라도 씹지 않으면 미친놈처럼 어디 오물냄새 나는 쓰레기통을 뒤져서라도 또 입구멍에 뭔가를 들여놓을 심산으로 날뛰는 그였다. 그러다 보니 그를 진정시킬 목적이라면 껌을 사는 일 정도는 얼마든지 감내할 수 있는 일상이 되고 있었다.

시간이 흐르면서 그는 조금 서툴지만 내가 없어도 집 안에선 일상생활을 잘 해나가고 있었고 다만 외부로 나가는 일을 두려워했다. 그러다 보니 밖에서 일정 시간에 돌아올 주인을 기다리듯이 애완견처럼 문 앞에서 퇴근할 나를 기다리고 있는 게 당연한 일이 되어버렸다. 사실 그가 기억을 잃지 않았더라면 아마 담배꽁초를 찾아서 쑤셔 넣었을 성싶기도 했다. 그러다 보면 또 거지처럼 라이터를 찾아 온 동네를 헤맸을지도 모를 일이라는 것에 내 생각이 미치기도 했다. 담배를 끊는 건 그에겐 어머니를 잃는 것과 같은 것이었을 테니까.

그의 담배 사랑이 시작된 건 바로 어머니의 죽음 때문이었다. 그러니까 남편이 껌을 씹는 건 담배를 피우는 것과 같은 거고 어머니를 잃지 않는 것과 같은 거다. 그러니까 그에게 담배는 고통을 잊는 유일한 수단이었고 세상에 하나뿐인 마지막 혈육인 어머니 없이 살아갈 날들에 대한 보상이었다. 이제는 그게 껌이라는 것으로 바뀌었다는 게 다를 뿐이었다.

크게 숨을 들이쉬고 늘 그렇듯 나는 24시 편의점의 문을 열었다. 다만 오늘은 안경도 평소에 즐겨 입던 바지도 벗어버리고 렌즈 낀 투명한 눈에 20대의 기운이 살짝 남은 분홍 원피스 차림의 내가 들어선다는 점이 다를 뿐이었다. 결국 그곳에서 하게 될 일은 껌을 사는 일뿐이겠지만. 껌을 산다는 것은 L을 만나는 유일한 방법이고 목적이라는 것을 얼마 전에야 알게 되었다. L은 언제나 내 터질 것 같은 심장에 대고 이렇게 말했었다.

"적립 카드 없으세요?"

나의 적립 카드를 매일 기다리는 유일한 남자. 안부를 묻곤 자신의 향수를 나눠 쓰자는 예쁜 마음의 그 남자 L! 그가 건

네는 껌은 나에겐 사랑을 알리는 에로스의 화살과도 같았다.

"어서 오세요."

수줍게 들어서는 내 얼굴을 똑바로 쳐다보고 있는 건 L이 아니다. 한 중년의 남자가 약간 짜증 섞인 목소리로 나를 맞고 있었다.

"저어기……."

"네. 뭐 찾으세요?"

"저기 그 젊은 남자, 이 시간에 아르바이트하던 그 사람… 안 나왔나요?"

"아, 그 녀석이요? 오늘 아무 말도 없이 결근해서 제가 하루 종일 이 고생이지요. 미리 말만 해줘도…… 요즘 애들은 책임감이 빵점이라니까요. 보나 마나 한 며칠 지나 전화해서 임금이나 입금하라겠지요. 제가 한두 번 겪은 일이 아니라서 훤합니다."

갑자기 눈이 너무 따가워서 견딜 수가 없었다. 불에 달구기라도 한 것처럼 한껏 뜨거워버린 눈동자는 제 몸에 맞는 오래된 뿔테 안경을 그리워하는 것 같았다. 이제야 돌이켜보니 오늘은 오래전 그날처럼 예보에도 없던 비가 내리고 있었다. 비가 오는데도 나는 아까부터 그 비를 흠씬 맞고 있었던 것이었다. 분홍 원피스가 물기를 품어 다홍빛으로 변색이 되어버렸을 텐데. 나는 갑자기 지금의 몰골이 창피해서 미칠 지경이었다.

"그러나저러나 비 많이 맞으셨네. 우산이 거기 아이스크림 통 옆에 보면 있을 겁니다."

나는 얼른 원피스를 벗어야겠다는 생각이 간절했지만 이미 발가벗어버린 중년의 알몸을 그 남자가 자꾸만 들여다보는 것 같아 잰걸음으로 언제나 그랬듯, 아니 그보다 더 많은 껌을 가득 들고 계산대에 섰다.

"껌 좋아하시나 봐요? 모두 해서 3만 9천 원입니다."

분홍 원피스와 세트로 준비해두었던 핑크빛 숄더백에서 굴러다니던 만 원짜리 넉 장을 그의 손에 얼른 건넸다. 어느새 뽑혀 나온 영수증과 천 원짜리 하나를 내 손에 떨어뜨리는 그 남자에게 문득 생각이 나서 물었다.

"적립 카드 있냐고 왜 안 물어보세요?"

"아, 있으세요? 그럼 미리 내셨어야죠. 다음엔 미리 제시해주세요. 오늘만 봐드린 겁니다. 카드 줘 보세요."

나는 금빛 브리지가 참 예뻤던 L의 목소리를 떠올리며 L에게는 그동안 한 번도 보여주지 않았던 적립 카드를 기필코 찾아내어 그 남자에게 건넸다. 뭉툭한 그 남자의 손끝에 닿은 적립 카드가 낯설다. 한 번도 내게 존재하지 않았던 것 같은 붉은색 적립 카드. 시대에 맞지 않게 왜 카드를 가지고 다니느냐 핀잔을 주던 직장 동료의 웃음이 이 순간 귓바퀴를 갉아내고 있다.

소중한 나의 L이 없는 오늘 이 공간은 내겐 너무 버겁고 낯설다.

 # 그

처음부터 그랬던 건 아니다.

엄마가 주신 풍선껌을 처음 씹었을 때 나는 아무리 씹어도 질리지 않아서 남몰래 밥그릇 밑바닥에 숨겨두거나 화장실이 급할 때는 냄새라도 밸까 싶은 불안한 마음에 땟물이 자박한 벽에라도 살짝 붙여놓고 다녀오기도 했다. 약간 굳어버린 껌을 씹고 또 씹어 침을 잔뜩 묻히고는 부드럽게 만드는 데 노력을 아끼지 않았다. 그때 엄마의 풍선껌은 아무리 오래 씹어도 단맛이 났다. 그런데 지금은 왜 고무냄새가 나는지 나도 알 수가 없다. 뭐랄까. 차갑고 달콤한 느낌이 사라지면 고무바퀴를 씹는 느낌이랄까. 아, 그래. 그거다. 바퀴!

얼마 전에 우리 아파트 놀이터에 바퀴가 깔렸다. 엄밀히 말하면 쓸모없어진 바퀴의 재활용 뭐 그런 거다. 타이어들이 붉고 퍼런 색깔의 벽돌마냥 조각조각 끼워지고 나니 놀이터가 갑자기 낯선 장소가 되어버렸다. 하지만 한여름이면 그 고무 블록에는 햇빛이 주구장창 쏟아질 테고 장마철이면 고무벽돌 가랑이로 빗물이 잔뜩 고일 것이다. 내가 싫어하는 고무냄새가 진동할 텐데. 빗물이 고이면 남겨질 그 세균덩어리들은 또 어떻고. 생각만 해도 미칠 것 같다. 다행인지 불행인지 늘 긍정적인 나의 아내는 모래 속에 숨겨진 비둘기 똥을 안 보게 되니 훨씬 위생적일 거라며 좋아할 뿐이다.

평화의 상징이라던 고놈의 비둘기를 아내는 정말 싫어한다. 우리 집 에어컨 실외기 위와 옆 빈 공간에 고 비둘기들이 자꾸 실례를 하는 탓이다. 게다가 가끔 이상한 소리를 밤마다 낸대나 뭐라나. 그 이상한 소리야 사랑놀이할 때 당연히 따라오는 것이려니 하면 그만인 걸 아내는 한사코 그 소리가 싫어 비 오기만 기다렸다가 물 한 양동이에 세제를 칼칼하게 풀어 고놈들 보금자리를 말끔히 씻어내곤 한다.

어쨌든 난 비둘기는 참을 수 있는데 고무냄새가 너무 싫다. 그래서 껌을 씹을 때면 단물이 다 빨렸다 싶으면 냅다 새 껌을 입에 쑤셔넣곤 단물 빠진 껌은 손바닥에 훅 뱉어 휴지 한 귀퉁이를 뜯어 싸서 화장실 쓰레기통에 버리곤 한다. 껌이란 녀석은 단물만 빠지면 왜 그렇게 이상한 냄새가 나는지. 나는 그게 꼭 고무냄새 같다는 생각을 떨칠 수가 없다.

30대 초반부터 가끔 두통이 있었다. 물론 심각하다는 생각을 한 적은 없었다. 그럴 수밖에 없는 것이 그 일이 처음 일어난 것은 내 나이 채 마흔도 안 되었을 때였기 때문이다. 그러고 한 1년 반이 흘렀을 때, 또 갑자기 오른쪽 사지가 그리고 얼굴이 마취된 듯 경직되어 버렸던 것이다. 그런데 이번에는 달랐다. 그것은 마치 힘이 쭉 빠지면서 흐물흐물 액체로 흘러내릴 듯 순식간에 무너져 내리는 느낌이었다. 혼자 일어서려고 발버둥 쳤지만 점점 무너져 내리던 내 몸. 아무튼 느낌상으론 꽤 오랜 시간이 지나서야 아내가 일어났고 나를 발견했다.

처음엔 무심히 화장실로 가더니 다시 보았을 땐 느낌이 이상했는지 소리를 꺅 지르는 게 아닌가. 무언가 말을 해주고 안심시키고 싶었지만 이미 내 몸은 내 것이 아니었고 나는 그대로 돌이나 나무로 굳어버린 것만 같았다. 나는 기어코 119 구조대원들에게 들려서야 집을 빠져나갈 수 있었다. 병원 응급실로 가는 차 안에서 나는 몸 안의 무엇인가 자꾸만 흘러나가는 것 같아 그것을 다잡으려 애쓰고 있었지만 그것이 현실이었는지조차 정확히 알 수가 없다.

다행히 담당의 말대로 재활치료를 열심히 한 덕에 다리는 조금 좋아졌지만 손과 얼굴은 아직 제 기능을 회복하지 못한 상태다. 내가 미치도록 좋아하던 술과 담배 탓이라는 의사 말에 나는 이미 전에 똑같은 말을 들었다는 사실을 기억해냈다. 직업 때문에 술 담배를 끊을 수 없는데 어쩌겠냐며 되레 의사에게 따지고 들었던 그 순간을. 수입과 술의 양이 비례하는 사실을 아냐며 잘사는 의사들이 뭘 알겠냐며 그렇게 나를 합리화하기 급급했던 그 순간을 말이다.

재활치료를 하며 나는 술은 물론이고 담배까지 끊어야 했다. 담배를 끊기 위해 전에 않던 주전부리를 시작했다. 그중에 제일 적절한 주전부리 그게 바로 껌이라는 놈을 씹는 일이었다. 반쪽 근육이 아직 제자리를 못 잡은 상태에서 껌을 씹는 일이 쉬운 일은 아니었지만 그거라도 씹지 않으면 난 미친놈처럼 어디 오물냄새 나는 쓰레기통을 뒤져서라도 또 입구멍에 담배꽁초를 찾아서 쑤셔 넣었을 것이다. 그리곤 또 라이터를 찾아 온 동네를 헤맸겠지.

담배를 끊는 건 좀 뭐한 표현이긴 하지만 아내를 잃는 것과 같은 것이란 생각을 했다. 그러니까 내가 껌을 씹는 건 담배를 피우는 것과 같은 거고 대신 아내를 잃지 않는 것과 같은 거라는 거다. 어쨌든 간에 껌은 고통을 잊는 유일한 수단이 되어버렸던 것이다.

그 후로도 나는 버릇처럼 새벽 세 시면 깨어있다. 새벽 세 시는 나의 흡연 시간이었다. 20년이나 즐겨오던 버릇이고 보니 쉽게 고쳐지질 않았던 것이다. 그래서 나는 새벽 세 시면 일어나 껌을 씹는다. 껌을 씹기 위해 일어나는 것이 가끔 우습다는 생각이 들지만 나도 정말 어쩔 수가 없었다. 껌을 씹는 동안 나는 결코 울리지 않는 핸드폰을 물끄러미 쳐다보는 바보 같은 버릇도 생겼다. 뜬금없이 누군가가 전화를 걸어와 술이나 한잔 하자며 학원 개원하는 데 승합차 두 대가 필요할 것 같다고 얼른 계약하자고 할 것만 같았다. 새벽 세 시엔 있을 수 없는 일인 줄 알면서도 나는 그렇게 매일 전화 벨소리를 기다린다.

그런데 바로 그때 미로 같은 복도식 아파트의 바닥이 울리는 소리가 들려왔다. 물에 젖은 솜마냥 몸뚱이를 질질 끌고 오는 듯한 무거운 발걸음, 낡아서인지 유난히 똑딱대는 여자의 구두 소리. 사람들을 의식하는 듯 조그만 목소리로 노래를 부르는 여자의 목소리는 온 귀와 정신을 빼앗기에 충분했다. 무슨 노래인지 잘 들리지는 않는데 나는 듣고 싶은 이상한 욕망에 비틀대며 몇 번이고 현관문 앞까지 걸어 나가곤 했다.

그것은 아마 텅 빈 복도 끝에서 울려오는 여인의 구두 굽에서 나는 유혹의 소리 때문이었을 것이다. 소리가 지나간 자리에 진동하는 짙은 향기에 중독된 듯 나는 매일 그 여자가 떠난 흔적에 멈춰 서 있다. 그 여자의 향기가 퍼지는 새벽 세 시. 어느 순간부터 나에게 그 시간은 하루의 절정을 의미하는 순간이 되어버렸다. 하지만 아내는 그것을 늘 못마땅해 한다. 그도 그럴 것이 새벽 여섯 시면 출근 준비를 서둘러야 하는 아내에게 새벽 세 시의 남편은 불필요한 존재일 뿐일 테니까. 한때는 아내가 나를 기다려야 했지만 지금은 더 이상 내 존재에 의미조차 두지 않는 것 같다. 이젠 내가 그런 아내를 기다린다. 퇴근 시간에 정확히 문이 열리지 않는다면 그건 아내가 드디어 나를 버렸다는 의미가 된 것일 테니. 그래서 나는 늘 현관문에 바짝 다가서서 아내를 기다린다. 그것은 내가 버려져선 안 될 존재로 남기 위한 누구도 알지 못할 나의 작은 투정 아니 투쟁 같은 것이다.

'쓸모없는 놈이 된 거지 뭐. 콘크리트 벽면에 박히다가 찌그러져버린 못처럼. 내 면상이 딱 그 짝일 거야.'

가끔 나는 스스로를 비하하기를 즐기기까지 하게 되었다. 그런 낮은 자존감이 생겨가는 사이 당당하고 오만했던 나는 사라져갔다. 하지만 아이러니하게도 나는 그러는 사이 새벽 세 시에 씹어내는 껌과 함께 아내가 아닌 다른 여자에게 중독되어 가고 있었다. 달짝지근한 향내지만 톡 쏘는 그 향기에 난 이미 걷잡을 수없는 소용돌이처럼 깊이 빠져버린 것이었다.

내가 빠져버린 그 향기의 주인공은 바로 옆집에 살고 있었다. 현관문 가까이 귀를 대고 있으면 그녀의 발소리가 멈추고 열쇠 돌리는 소리가 나다가 바로 옆에서 철문이 닫히는 소리가 났으니까. 얼마 전까지는 예쁜 총각 하나만 사는 것 같더니만 그새 애인이 생긴 모양이었다. 젊은 연인이라. 참 좋은 시절이다.

그런데 왜 나는 그녀가 보고 싶은지 모를 일이었다. 몸이 이렇다 보니 이젠 영혼마저 짐승이 다 되어버렸나 싶기도 했다. 규칙적으로 새벽 세 시면 속물적으로 변하는 내가 정말 이상했다. 반신불수의 몸뚱이로 옆집 어린 여자나 탐하려 하고 있으니 말이다.

근데 새벽녘에야 귀가하는 모양이 좀 그렇긴 했다. 얼마나 힘들면 그리 무겁게 발을 끌고 올까. 엉뚱한 동지의식이 생긴 나는 그녀의 모습이 궁금해지기 시작했다. 그 소리에 그 향기에 반한 건 사실 하루 이틀 일은 아니었다. 내가 쓰러지고 얼마 안 있어 아내의 껌 심부름이 시작된 때였을 것이다.

아내가 사온 껌을 나는 종일 씹어대기도 했지만 특히 담배를 빨아대던 새벽 세 시에 일부러 깨어나서까지 어김없이 씹어대기 시작했는데 여자도 그즈음 옆집 사내와 동거를 시작한 것 같았다. 단 한 번 살며시 문을 열어 뒤태를 살핀 적이 있었는데 뒤를 돌아보는 여자와 그만 눈이 마주치고 말았었다. 그것도 새벽 세 시에. 너무 무안해진 나는 다시는 문을 열어 내다보지 않았다. 하지만 그날 이후 언뜻 비친 그 모습이 자꾸만 상상으로 아른거리는 것이었다.

'키가 굉장히 큰 여자였지 아마. 킬힐까지 신으니 190은 돼 보였어. 긴 생머리에 잘록한 허리선, 솔직히 그 눈은 잘 보지 못했는데 무척 슬퍼 보였던 것 같아.'

어느 날인가 우연히 새벽의 어둠 속에서 잠깐 복도 등이 켜지자 우리는 깜짝 놀라 서로 문을 쾅 닫아버리고 말았다. 그게 이미 6개월 전 일이었다.

그녀의 입술에선 풍선껌 냄새가 났다. 아무리 씹어도 늘 달콤했던 어머니의 풍선껌. 왜 그녀의 입술에서 그 혀에서 그 냄새를 느꼈는지는 아직 모르겠다. 다만 오늘에서야 그녀가 내 방문을 열었고 그녀의 마음을, 그 몸을 전부 열어볼 수 있었다는 그 사실만이 내겐 중요했다. 짧지만 강렬한 만남이었다. 서로가 임자 있는 몸인 줄은 알지만 우리는 도저히 참을 수가 없었다. 여자는 반쪽이 굳어버린 내 몸을 살며시 눕히더니 가랑이 사이에 둥지를 틀었다. 알맞게 솟아오른 분홍빛 젖가슴이 내 입술에 닿을까 말까 하는데 나는 가까스로 그것을 두 손으로 움켜쥐고 부서지면 안 될 꽃잎처럼 살짝 문질러댔다.

시작이 늘 그렇듯 아내와 보낸 호주 시드니의 첫날밤처럼 살짝 두렵기까지 했다. 그녀가 파도처럼 오르락내리락할 때마다 본다이비치 해변의 그 밀가루 같던 모래알이 마치 미래의 어느 날 병을 찾아 치유하는 나노로봇의 모습으로 몸 곳곳으로 퍼져가는 착각까지 들었다. 그런데 그것은 착각이 아니었을지도 모른다. 그녀의 파도는 이상하게도 내 온몸에 열을 일으키며 서서히 내 몸을 살려내고 있었다. 재활훈련으로도 풀리지 않던 온몸의 줄기들이 새 잎을 피워내는 것처럼 말이다.

나는 보답으로 그녀가 원하는 그대로 바짝 다가서서 내 영혼을 그 몸 곳곳에 푸른 기억으로 각인시키기 시작했다. 그녀의 낯익은 향기를 호흡하며 내가 그녀의 파도를 멈추게 했던 그때, 그녀가 울고 있었다. 진한 화장 탓인지 검은 눈물이 그녀의 볼을 타서 흐르더니 내 입가에 스며들었다. 그녀의 눈물을 내 입 안에서 조금씩 녹여낼 때 나는 알게 되었다. 내 혀를 감싸고 도는 풍선껌의 달짝지근한 단물이 곧 빠져버릴 때가 되었다는 걸. 풍선껌은 불기 좋을 만치 처음보다는 더 찰진 상태가 되었지만 목구멍으로 바퀴가 굴러들어오는 듯 냄새가 심하게 역겨워지기 시작하는 게 느껴졌다.

문득 어릴 적 풍선껌을 한꺼번에 여러 개를 입에 넣고 씹어대던 일이 생각났다. 조금씩 부풀어가는 풍선껌을 씹는 일은 늘 신기한 경험이었는데 엄마의 젖꼭지에 바짝 붙어 젖을 빨아대는 동생 녀석 앞에서 난 풍선껌을 더 부풀려 자꾸 자랑하고 싶었던 것 같다. 아무 풍선껌으로나 엄마 가슴만큼 꼭 그만큼 풍선을 불고 싶었는지도 모르겠다. 그때 사실 나는 풍선껌이 씹고 싶었던 게 아니라 엄마 젖이 정말 먹고 싶었다.

가끔 동생이 젖을 빨다가 엄마랑 잠이 들면 나는 젖꼭지에 맺힌 그 희멀건 액체를 손가락으로 찍어 맛을 보곤 했는데 달콤한 맛도 조금 나는 듯했지만 대체로는 밍밍한 게 결코 매혹적인 맛은 아니었던 것 같다. 그런데도 나는 줄곧 동생을 엄마라는 1등 상품을 사이에 두고 싸워야 할 경쟁 상대로 여기고 있었다.

그때 엄마의 젖무덤은 승리의 탑 같은 거였다. 그 승리감을 아직도 만끽하고 싶은 것인지 풍선껌을 불 때마다 나는 자주 엄마 생각이 났다. 풍선껌이든 다른 껌이든 내게 그것이 중요한 건 아니었다. 숨이 막히더라도 빨 수 있는 엄마의 가득한 사랑이, 동생이 아닌 나를 쓰다듬어 줄 엄마의 그 손길이 내겐 아직 필요하다는 것이었다. 그러고 보니 그녀의 젖꼭지에서도 그 희멀건 것이 흘러나오는 게 아닌가. 그런데 왜 혀로 핥으면 고무 맛이 날까? 오래 씹어댄 껌처럼. 그녀의 킬힐이 반짝 빛나며 들리더니 나의 가슴팍을 짓누른다. 숨이 막힌다. 거기서 그만, 멈춰. Stop!

늘 거기서 가위눌리다 눈을 뜨곤 했다. 아내를 기다리며 티비를 켜놓고 있으면 자꾸 잠이 드는네, 이것은 뜬금없이 반복되는 몽정이었다.

뭐라도 걸치고 나올 걸 그랬나 싶다. 안방에 들어갈 수가 없었으니. 비가 와서 그런지 날이 참 춥다. 젖은 아내 옷을 보았을 때 그냥 조용히 있을 걸 그랬다. 내가 할 수도 있는데 왜 아내를 시켜서는 별거 아닌 걸로 비참하게 만들었나 싶다. 하녀? 심부름꾼? 단물 빠지고 버려지는 껌 딱지까지? 내가 그렇게 생각했다고 믿어버린 건 설마 아닐 테지? 바보 같은 여자! 저가 날 버림 버렸지 내가 저를 어떠 버릴 거라고. 무슨 그런 자격지심을 다 가져? 진즉에 껌이 필요했으면 내가 가면 되는 건데 그랬다. 시간 좀 걸릴 뿐 못 할 것도 없었는데.

똑같이 생긴 아파트 건물 세 동을 내려오자 낯선 편의점이 보였다. 8개월 전에 비디오 가게 자리에 불이 났다더니 아마 그 자리에 새로 편의점이 들어선 모양이다. 내가 마지막으로 본 모습은 그을리다 못해 까만 벽에 바닥에는 온통 물바다였는데 지금은 그런 기억은 찾지도 못할 만큼 멀끔하다. 빨간 네온이 24라는 글자를 장식하고 그 앞쪽으로 L이라는 영문자 하나가 초록빛으로 반짝거리는데 참 어울린다는 생각을 하며 가게 안으로 들어섰다.

껌하고 어, 저것도 다 파네. 진작 알았음 그거라도 끓여줄 걸. 그럼 아내가 화 안 났을지도 모르는데. 나는 풍선껌 두 통에 자일리톨 두 통을 집다가 과자들 앞쪽에 가지런히 정돈된 즉석 요리 코너를 발견했다. 세상 좋아졌다. 국도 밥도 대신 끓여주니 말이다. 편의점을 둘러보니 없는 게 없이 다 있는 듯했다. 게다가 새벽에도 필요한 걸 다 살 수 있으니 돈만 있으면 장땡이겠네 싶다. 한 중년의 사내가 주인인 모양이다. 그가 계산을 하는 모습을 보며 그 자리에 잠시 내가 서 있다면 어떨까 하는 엉뚱한 상상을 해보았다. 새벽 세 시에 깨어있으니 내게 어울릴 만한 직업이다 싶었다.

그런데 껌을 들고 계산대로 향하던 중 알았다. 내게 돈이 없다는 걸…. 어쩔 수 없이 편의점에 들어설 때처럼 빈 몸으로 다시 편의점 유리문을 열고 나오는데 아까까지 추적거리던 비가 그쳐 있다. 하늘을 보는데 현기증이 난다. 아파트 건물이 꽤 높은 탓이지 싶다. 하늘을 군데군데 가려놓은 건물은 몇 집만 불이 켜져 있고 일제 소등 상태다. 가끔 누가 지나가는지 복도 등이 잠시 켜지고 꺼지는 게 규칙적이다.

우리 동으로 올라오고 있는데 전에 없던 비 가림 시설이 눈에 들어온다. 학원 차를 기다리는 아이들이 그곳에서 비 맞고 있는 걸 보면 태워주고 싶었던 적이 있었던 게 생각난다. 누군가 나처럼 그런 마음이 들었던가 보다. 화단에는 못 보던 나무가 많이 늘었다. 내다볼 때는 잘 보이지 않던데….

어디서인지 단물 빠진 풍선껌 냄새가 난다. 고무 블록! 놀이터가 새 단장한 걸 보니 반갑긴 한데 바로 그 새 블록의 냄새다. 역시 난 그 냄새가 싫다. 엄마의 기억처럼 단물을 잃어버린 풍선껌의 냄새가. 하지만 혹 내게 아이가 있었으면 좀 다른 마음이 들었을지도 모르겠다. 그때 연이 말대로 그냥 하나 갖자 할 걸 그랬나 싶다. 그때는 우리의 바쁜 일상에 돈이 우선이었고 아이는 언제라도 가질 수 있는 후순위의 존재였다. 늘 내 계획에서 우선순위는 나였고 그다음이 내 아내였고 나머지 모든 것은 순위 밖이었다. 천년만년 싱싱한 몸일 줄 알았으니.

혼자 구시렁대며 걷고 있는데 우리 동으로 경찰차가 들어가고 있는 게 보인다. 일이 나도 크게 났나 보네. 집안 싸움하다가 나같이 쓰러진 놈이나 미친 놈 하나 생긴 겐가? 나도 모르게 헛웃음이 새어나왔다. 그때 낯익은 얼굴이 눈에 들어온다. 아는 경비다. 그에게 다가가는데 오른손에 들린 물건이 낯이 익다. 그것은 10센티는 되어 보이는 여자의 킬힐. 분명 나의 그녀, 옆집 여자의 것이다. 너무 높아서 늘 힘들어하며 질질 끌 듯 걸어오던 그녀의 발에 신겨져 있었던 그 은비늘이 반짝이던 구두 말이다.

새벽 세 시를 가로지르던 그녀의 향기가 불현듯 스쳐간다. 그런데 생각해보니 아내가 들어올 때도 그 향기가 났다. 그 때문에 옆집 여자가 일찍 올 때도 있나 싶어 현관을 괜스레 기웃거리기도 했다. 여자들이 흔히 쓰는 향수인 줄도 모르고 말이다. 화장도 잘 안 하는 아내까지 그런 향수를 쓴 걸 보니 잘 빠진 여자 뒤태에 취해 잠시 내 코가 경망스러웠던 게지 싶었다. 혼자 위험한 정사 영화나 찍고 있었으니 말이다.

"형, 무슨 큰일이라도 났어?"

"난 또 누군가 했네. 큰일 났지. 큰일이고말고. 내가 순찰을 도는데 옥상 문이 열려 있는 거야. 이상하다 싶어 문을 열고 둘러보는데 이 뾰족구두가 난간 아래 얌전히 있는 게 보이는 거 아니겠어? 그래 이상하다 싶었는데 헌데 그 녀석이 있는 게 아니겠어?"

"그 녀석?"

"아, 동생 옆집에 세 들어 사는 대학생 말이요! 편의점 아르바이트 하던 그 잘생긴 청년."

"아니, 그러면 여자친구랑 같이 뛰어내리기라도 한 거야?"

"여자는 무슨. 거긴 걔하고 치매 앓던 할머니 하나 살았지. 아, 며칠 전에 교통사고로 죽은 그 할머니 말이우."

"그럼 그 구두는?"

"아, 원래 걔 엄마 건데 고 녀석 돈 번다고 자정만 지나면 치마 입고 이 구두 신고 손님 호객행위 하는 알반가 뭔가 했다지 아마. 발에 안 맞으니 늘 꺾어서 신었었지. 이보쇼, 이 접힌 자국. 친구가 여장하고 오면 팁이 더 많아서 돈 빨리 모을 수 있다고 그랬대나 어쨌대나. 돈이 많이 급했나 보더라고."

"정말 죽었어?"

"죽기는. 앞날이 창창한데 죽긴 왜 죽어. 그 녀석은 갑자기 도망가고 그 녀석 말리는 사이 옆 동에서 아내랑 싸우던 남자 하나가 죽겠다고 난리를 쳐서 그 집에 다녀오는 길이야. 정신이 사나워서 일단은 경찰에 신고를 해 뒀지."

경비 말을 들어서 그런 걸까. 내가 사랑한 그녀가 여자가 아니라 사내라는 말도 안 되는 사실을 받아들이기 힘든 탓일까. 나는 또 무슨 조홧속인지 나도 모르게 멀쩡한 집 놔두고 어느새 도로를 따라 걷고 있었다. 그런데 갑자기 앞발치에 무언가 걸리는 게 있다. 긴 머리 가발 하나가 도로에 덩그러니 귀신 머리채처럼 사지를 벌리고 있다.

그녀, 아니 그 녀석의 것인가. 아직 그녀의 향이 난다. 이제 쓴맛이 입에 맴도는 그 시간이 된 건가. 갑자기 입언저리가 시리다. 아, 담배 생각이 간절하다. 딱 한 개비만…….

"엄마, 딱 하나만."

 # 너는 L

"아, 할머니 보고 싶다. 어째 역겨운 세상은 아무리 질겅질겅 씹어대도 아무런 소용이 없네. 살지 말라는 거지? 집도 없고 돈도 없고 미래도 없는 내가 살 이유는 없다는 거지?"

푸념처럼 새긴 말들이 허공에 흩어진다. 이제 너는 후회하지 않겠다는 듯 입을 앙 다문다. 그런 너를 바라보는 사람은 아무도 없다. 굽이 길고 날카롭게 생긴 높은 구두에서 내려와 두 팔을 양옆으로 길게 뻗은 채 그대로 날갯짓을 하며 살포시 오르려는 너. 갑자기 바람이 겨드랑이를 훅 친다. 너의 연보랏빛 원피스가 차가운 겨울바람에 찢길 듯 펄럭거린다.

어느새 너의 발 아래쪽에는 하얀 하이힐이 가지런하다. 하얀 피부에 갸름한 얼굴선을 따라 눈가를 적시던 검은 눈물이 너의 뺨을 타고 소르르 흘러내린다. 예보에 없던 비가 가로등 빛을 따라 차갑게 춤을 추고 있다. 너의 열 손가락이 내리는 비를 받으며 떨리고 있다. 고개를 숙이자 너의 긴 머리카락들이 중력의 법칙에 따라 아래로 쏠리며 통째로 흘러내릴 것만 같다.

오늘만 너는 네 번째 사내를 맞았다. 오늘 예정된 손님은 셋이었지만 나보다 더 아플 리가 없는 그 녀석이 많이 아프다며 나오지 않은 탓이었다. 그 녀석 때문에 너는 어쩔 수 없이 손님 하나를 더 만나기로 한 날이었다. 어쨌든 그 마지막 손님은 여느 손님과는 달랐다. 말하자면 그와의 시간은 짧지만 강렬한 만남 같은 것이었다.

네가 고개를 숙이고 그의 입 안으로 혀를 내미는데 뭐랄까, 그것이 그의 입 안으로 감길 때마다 맛이 자꾸 바뀌는 것이었다. 아카시아 향에서 혀끝에서는 자일리톨 향으로 바뀌더니 혀 안쪽에서는 오래된 은단 맛까지, 아니 밀크 커피향도 나는 것 같았다. 견딜 수 없는 끈적거림이 사내의 바짓가랑이에서 느껴진 건 그때였다. 너는 매번 똑같은 일을 반복하는데도 왜 사내들마다 다른 신음을 내는지는 알 수가 없었다.

몸이 과하게 뚱뚱하거나 아주 삐쩍 말라비틀어졌거나 사내들은 모두 너를 맛있는 음식마냥 입맛을 다시곤 했다. 너의 가늘고 긴 검은 머리카락이 춤을 추면 마치 활짝 펼친 공작새의 날개깃을 본 듯 탄성이 절로 나오는 게 사내들이었다. 그럴 때면 사내들은 참지 못하고 너의 머리채를 잡아끌고 자신의 가랑이 사이로 쑤셔 박곤 했다. 그래선 안 될 일이었지만 어쩔 수 없었다. 이미 너는 그들을 이겨낼 힘이 없었다.

너의 몸이 네 번째 사내의 가랑이 사이에서 천천히 활처럼 휘더니 찰진 국수 가닥처럼 몸을 타고 올라와 사내의 온몸을 휘어 감았다. 그 국수 가락이 순간 변해서 싹둑 사내의 사지 곳곳에 날카로운 칼질을 해댈 것만 같았다. 그 와중에도 끝없이 너의 입술은 오물거리고 있었다. 젖어버린 사내의 혀에선 네가 씹은 풍선껌 냄새가 났다. 갑자기 너는 눈물이 났다.

진한 화장 탓인지 검푸른 눈물이 볼을 타서 흐르더니 사내의 입가에 스며들었다. 그 눈물을 사내의 입 안에서 조금씩 녹여낼 때 너는 알게 되었다. 네 혀를 감싸 도는 풍선껌의 달짝지근한 단물이 곧 빠져버릴 때가 되었다는 걸. 풍선껌은 불기 좋을 만치 처음보다는 더 찰진 상태가 되었지만 목구멍으로 바퀴가 굴러들어오는 듯 냄새가 심하게 역겨워지기 시작했으니까.

어릴 적 욕심으로 풍선껌을 한꺼번에 여러 개를 입에 넣고 즐겁게 씹어대던 일이 떠오른 건 네 번째 사내의 이가 너의 혀를 살짝 물었을 때였다. 부풀어지는 풍선껌을 씹는 일은 네겐 늘 신기한 경험이었다. 할머니의 젖꼭지에 바짝 붙어 젖을 빨아대는 시늉을 하면 엄마가 곁으로 와있을 것만 같았다. 쭈글쭈글한 할머니의 주름 안에 눈물을 모아두면 왠지 돌아가신 엄마가 너의 머리를 쓰다듬고 있을 것만 같았다. 어린애가 되어버린 할머니 앞에서 넌 풍선껌을 부풀리고 싶어 했다. 그러면 할머니가 웃어줬으니까. 아무것도 모르겠다는 듯 멍해 있다가도 풍선껌이 부풀면 할머니는 웃을 준비를 하고 있었으니까.

풍선껌으로 풍선을 불고 싶은 날은 할머니의 웃음과 엄마의 모습이 오버랩되기를 바라는 너의 작은 바람이 있는 날이었다. 잘은 모르겠지만 그때 너는 사실 할머니가 한 번만이라도 다시 원래의 할머니로 돌아오기를, 다시 너의 이름을 온전히 기억해주길 바라고 있었던 것 같다. 보고 싶다는 것은 뭐랄까. 네가 있어야 할 자리를 너도 모르게 빼앗겼다는 생각이 들 때 그런 현실을 오히려 거부하고 싶은 그런 거? 아마 그런 게 잔뜩 들어 있어서 풍선껌을 한꺼번에 열 개나 씹어댄 게 아닌가 싶다. 있는 힘껏 불다가 풍선이 터지면 구차한 삶만큼 코끝에 걸려 간질이는 고무나무 잎이 느껴져 짜증이 확 난다. 세상 혼잡하고 잡다한 이력으로 구린 냄새가 입가를 뱅 둘렀는데 그때 너는 그게 너무 싫었다. 네가 이길 수 없을 것 같았으니까. 무엇이거나 누구를 대상으로 한 건 아닌데 그냥 그랬다. 굳이 말하라면 일종의 항복 같은 것.

가끔 너는 한 번도 보지 못한 엄마 젖을 빨다가 같이 잠이 드는 상상을 해 보기도 했다. 달콤한 맛도 조금 나는 듯했지만 대체로는 아무 맛도 안 나는 허무한 맛인 것이 결코 희망의 맛은 아니었다. 엄마의 젖무덤은 너에겐 꾸어선 안 될 꿈같은 거였다. 꿈을 꾸고 싶을 때면 껌을 씹지만 가짜로 입혀진 그 향은 씹을수록 단맛이 쉽게 빠져버리고 너는 현실의 매를 방패도 없이 두들겨 맞게 되는 탓이었다. 그러고 보니 남자의 혀에서 그 멀건 것이 흘러나오고 있었다. 할머니의 주름진 웃음과 엄마의 젖무덤과 함께 씹어버린 그 선홍빛 비릿한 것이.

너의 왼손에서 파란 불빛이 반짝인다. 단물 빠진 껌을 뱉으려다 말고 너는 휴대전화를 본다. 새벽 세 시, 도시의 차들은 제 집으로 다 돌아갔는지 도로가 너무 한산하다. 너의 희고 조그만 얼굴이 아까보다 더 얼룩덜룩하다. 아까부터 너는 입을 오물거리고 있다. 단물이 빠져버린 껌은 침으로 미끌미끌하다가 목구멍으로 넘어가 버릴 것만 같다.

"그러고 보니 낯선 사내들의 혀 냄새가 고통스러워 씹어대던 껌도 더 이상 씹어야 할 이유가 없겠네. 언제나 난 단물이 빠진 껌은 버리고 새 껌을 씹어야 했지. 그래야 잠시라도 견디는 힘이 생겼거든. 근데 내게 남은 건 그거 하난데. 알바 때문에 미리 사두었던 껌 열 통! 이제 두 통밖에 안 남았지만 누군가를 위해 나머지 껌은 두고 가야겠지? 나처럼 아플 때마다 씹어서 나쁜 기억 따위 퉤 뱉어버리라고."

너는 아직 손에 들려 있던 껌 두 통이 든 뭉툭한 비닐봉투를 힘껏 내던진다.

"네 번째 놈이 재수가 없는 놈이었어. 엄마 병원비로 다 쓰고 가진 거라곤 그게 다였는데 홀랑 다 훔쳐가 버리다니. 어째 딴 놈보다 더 끈적인다 했어. 아참, 껌! 건망증 아줌마한테라도 그냥 줄 걸 그랬어. 어제 산 향수랑 같이. 껌 없인 못 살 아줌마거든. 엄마처럼. 그 아줌마 냄새 정말 엄마 냄새 같았는데. 그 아줌마 예쁜 원피스에 안경도 안 쓰고 편의점에 들어가더라. 아마 누구 결혼식이라도 있었나 봐. 내가 있었음 적립카드 안 챙겼냐고 또 물었을걸. 엄마처럼 건망증이 심한 아줌마거든. 그래서 어제 줘버렸어. 엄마가 내게 남긴 그 향수 말이야. 이제 더는 내게 필요 없을 것 같아서. 그냥 주고 싶었어. 엄마 생각나서. 이 새벽에 이렇게 높은 곳에 올라와 보니 발아래 모든 게 참 조그맣게 보이네. 할머니도 이젠 없는데 정말 이젠 끝내는 게 답이지? 엄마, 그렇지? 아, 엄마랑 할머니 정말 보고 싶다. 보고 싶어요!"

껌을 싣은 비닐봉투는 바람을 타고 아직 날고 있다. 봉투에 잠시 바람이 들어가 풍선껌처럼 부풀었다가 한순간 지그재그로 곧 추락할 모양새다.

"그래. 추락해라. 이 거지 같은 인생아. 다 가버려. 유훗!"

소리를 지르던 너는 휴대전화를 난간에 내려놓는다. 난간에 놓인 휴대전화의 전면 창에 파란 불빛이 몇 차례 깜빡인다. 너의 얼굴은 화장이 다 벗겨져서 얼룩무늬다. 빗물에 엉킨 머릿결이 갑자기 불어오는 바람에 입가로 엉켜든다. 퉤 뱉어버리며 머리를 가로저어 보는데 숫제 머리가 통째 흔들리는 것 같은 너다.

"이봐. 거기 뭐요? 얼른 내려오소."

남자가 너의 젖은 발에 손전등을 비춘다. 그 남자는 미간에 주름을 지으며 이상한 듯 네게 묻는다.

"근데 이거 설마 당신 거요? 브리트니 스피~어스, 마릴~린 먼~로, 피리스 아니 패리스 힐튼 대기 중?"

카키색 상하의 유니폼이 좀 헐렁해 보이는 남자는 낯익은 얼굴의 경비다. 경비는 사선으로 둘러맨 야광 띠를 바짝 조이며 젖은 명함과 네가 벗어놓은 힐을 위로 들어 흔들어댄다. 그리곤 겸연쩍은 듯 힐을 바닥에 내려놓는다. '행복한 남성클럽'이라는 명함이 경비의 운동화에 밟힌 채 흩어져 있다. 네가 난간에서 내려오려 다리를 뻗는다.

너는 펼쳤던 날개를 슬쩍 접고 경비가 내려놓은 힐에 제 발을 넣으려 한다. 젖어버려 커피색이 되어버린 스타킹에 무언가 쩌~억 달라붙는다. 떨어낼 수 없는 그것을 한쪽 발을 깡충 들어 털어내지만 소용이 없다. 바람이 불어와 연보랏빛 원피스가 펄럭인다.

바람이 멈추고 비에 젖은 원피스가 너의 몸에 바싹 붙자 순간 아랫도리가 불룩하게 비친다. 껌은 발바닥에 더 찰싹 달라붙는다. 당황한 듯 너는 잽싸게 옥상 문을 열고 아래로 내달린다. 엘리베이터 버튼을 꾹꾹 여러 번 눌러대자 조금 뒤 문이 열린다. 혼자 탔는데도 누구에게 쫓기듯 너는 엘리베이터 층수를 초조하게 바라본다. 엘리베이터 숫자가 드디어 1층을 가리킨다. 두꺼운 이중창이 열리자 너는 급히 문을 나온다. 물에 젖어 진보라가 된 원피스를 손으로 짜내는 동안 명함들이 손바닥에서 찢겨 나간다.

"재수 없게. 이게 뭐람. 이제 경비 아저씨 얼굴을 어떻게 보지? 근데 가발이 어디 갔지? 아까 떨어뜨렸나 보네. 에이 씨. 껌이라도 씹으면 속이 좀 나을 텐데. 단물 다 빠지기 전까진 말이야. 버리지 말걸."

어느새 아파트를 벗어나 도로로 나온 너는 고개를 숙이고 주위를 살핀다. 살짝 금빛 브리지를 넣은 너의 머릿결이 하얀 차의 헤드라이트 빛을 받아 반짝거린다. 네가 한쪽 무릎을 꿇은 채로 손을 뻗는다. 빗물에 뭉개진 껌 한 통을 든다. 신기하게도 거기에 아직 껌이 있었다.

"아! 껌이다."

무릎을 일으키고 벌떡 일어서더니 너는 신나는지 소리를 지른다. 이어서 껌 한 통을 모두 꺼내 거칠게 옷을 벗기고 입속으로 꾹꾹 쑤셔 넣는다. 미처 떼어내지 못한 은박지가 걸린 듯 가끔 컥컥 소리를 낸다. 입을 연신 오물거리며 너는 건너편을 향해 대각선으로 걸음을 옮기려 한다. 그때 어둠 속에서 몇 발짝 앞쪽으로 실처럼 길 위로 흩어져 흐르는 게 보인다. 너는 앞발치에 갑자기 무언가 걸려든 것처럼 한 발을 들어 깡충거리며 그곳을 살짝 비껴난다. 긴 머리채 하나가 덩그러니 사지를 벌리고 있다.

"어? 가발! 아, 저걸 또 써야 살아갈 수 있겠지? 그러고 보니 네놈이 오늘은 꼭 운명의 그물 같다. 보이진 않는데 거기에 걸려들면 날카롭게 베이거든. 또 한번 유리그물에 걸려들어 피 터지게 살아가야겠지?"

너는 꿈을 꾸듯 다시 무릎을 꿇더니 실오라기 같은 그것을 향해 한껏 손을 뻗으며 다가가려 한다.

그런데 도로 중앙에 한 남자가 보인다. 남자는 오른쪽 눈두덩에 달라붙은 몇 가닥 없는 머리카락을 한 손바닥으로 밀어 이마 뒤로 넘기며 네 쪽으로 걸어온다. 어딘지 어눌한 몸짓이다. 몸의 균형이 무너진 듯 남자는 한쪽으로 기울어진 채 바닥을 살피고 있다. 네 근처로 오더니 갑자기 허리를 굽히고 한 곳을 응시한다. 젖어서 그런지 진한 쥐색 반바지가 다리에 찰싹 붙은 모양새다.

"엄마, 딱 하나만."

남자는 갑자기 걸음을 멈추더니 한쪽 무릎을 꿇은 채 무언가를 집는다. 그것을 번쩍 들고는 신이 난 건지 화가 난 건지 이상한 행동을 하는 그 남자. 너는 가던 길을 멈추고 그와 멀찍이 떨어지려 한다.

"어어? 근데 저 손에 저거 내가 버린 껌인 건가?"

젖은 껌을 집은 남자가 갑자기 고래고래 소리를 지른다.

“이럴 땐 더도 말고 한 개만, 딱 한 개비만 피면 장땡이겠는데.”

남자가 퉁퉁 불어버린 껌을 껍질째 입에 넣고는 다시 바닥을 살피고 있다.

“정말 미안해. 엄마, 한 개만 딱 한 개만 더 줘.”

그때 빗물을 타며 속도를 이기지 못하고 우리를 향해 달려드는 커다란 트럭이 보인다. 트럭은 몸을 낮게 접고 있는 그 남자를 못 본 것 같다.

“아저씨 위험해요. 피해요.”

너는 재빨리 돌아오던 길로 돌아서선 인도로 올라서며 소리친다. 하지만 빠르게 달려오던 트럭은 공간을 찢는 파열음을 만들어 새벽을 깬다. 남자가 새처럼 트럭 앞으로 붕 뜨더니 하늘을 향해 날갯짓을 한다. 하얀 비둘기 두 마리가 함께 날더니 이내 아파트 9층 난간으로 날아가 앉는다. 들었던 가발을 떨어뜨리고 만 너의 두 손은 펴지도 접지도 못한 채 덜덜 떨고 있다.

도로로 떨어진 가발 주위로 바퀴 자국을 따라 핏빛 실오라기들이 빗물에 용해되어 그물처럼 얽히다 풀리며 흩어진다. 그런데 네 앞에 누군가 갑자기 달려와 멈춰 선다. 마치 좀비처럼 각기 춤을 추듯이 웃으며 다가선 그는 아까 껌을 씹던 쥐색 반바지 남자다. 갑자기 그가 한 손바닥을 너에게 펼쳐 보이더니 약간 새는 발음으로 소리를 친다.

"엄마, 아니다. 누나야. 이거 봐. 여기 껌 있어. 이거 봐."

너의 등 뒤로 사람들이 쏟아져 나온다. 잠옷만 입고 울며 달려오는 아주머니와 경찰들, 그리고 경비 아저씨까지.

너와 그들의 발 아래로 찢겨진 유리그물이 사방을 붉은빛으로 물들이고 있다.

나

"오늘 너는 나의 문을 열었어. 드디어 너의 마음과 그 몸을 전부 열어볼 수 있겠지?"

"무슨 말이야? 누구?"

"나는 너의 가늘고 부드러운 허벅지를 살짝 벌려 가랑이 사이에 둥지를 틀 거야. 알맞게 솟아오른 분홍빛 젖가슴이 입술에 닿을까 말까 한다면 나는 가까스로 그것을 두 손으로 감싸쥐고 부서지면 안 될 꽃잎처럼 살짝 문질러 줄게."

나는 몸을 최대한 옴츠려본다.

"안 돼요. 그건."

"거부하지 마요. 난 오늘을 기다렸어. 생일 축하해, 내 사랑."

"생일인 건 어떻게? 그래. 고마워. 누군가는 기억하고 있었어. 내가 이 세상에 태어난 그 이유를 알고 있어서 다행이야."

나는 눈물이 났다. 고맙고 서러워서.

"근데 누나, 적립 카드는 또 두고 오셨어요?"

들린다. L의 낯익은 그 목소리가…….

"L?"

깜짝 놀라 눈을 떴다. 나도 모르게 어느새 잠이 들었나 보다. 문득 반짝이는 게 느껴져 눈을 떴지만 집 안은 수상하리만치 고요하다. 남편이 리모컨을 들고 늘 켰다 껐다를 반복하는 텔레비전 소리도 들리지 않는다. 문을 열고 또 한번 남편을 찾아나서야 하지만 온몸 구석구석도 모자라 내장까지 몸살이라도 날 것처럼 뒤틀려온다. 도대체가 몸이 움찔거릴 생각조차 들지 않는다. 창밖에는 비둘기들이 꾸르륵 소리를 내고 있다. 어둠 속에서 사랑을 하는 것이다. 오늘 나는 그들을 바라보는 게 너무 힘들다.

"아, 난 정말 보…… 보고 싶어."

나 아직 울지 않아

그 누가 뭐래도

세상 먼저 울 거야

그때를 기다릴 뿐

- 문혜영 시 '새가 날지 않는 시간' 중에서

새가 날지 않는 시간

"끝도 없이 반복되는 시간 안에서

도미노처럼 무너질

나를 본다."

나는 안다. 그녀가 보는 세상 안에는 내가 보는 것과 같은 조각이 하나도 없으리라는 것을. 나는 결코 그녀의 세상을 함께 볼 수 없다는 것을.

그리고 가끔 생각한다. '정녕 보이는 것과 보이지 않는 것 사이에 그녀의 눈이 바라보는 곳은 어디쯤일까? 들리는 것과 들리지 않는 시간 사이에 내가 듣는 것은 또 어떤 소리인 걸까?'

매일 나는 그것을 감당할 준비를 한다. 나와는 다른 세계를 사는 사람들이 말하고 있을 어느 낯선 순간을 준비하기 위해 매일 귀를 열어둔다. 내게는 선택의 여지가 없다. 언제나처럼 누군가의 비명을 들으며 그 새가 날아오를 테니….

*

선한 바람이 창 안으로 굽이쳐 들어온다. 보이지 않는 파동을 느끼고 싶을 때면 나는 손끝을 연우를 향해 내밀곤 한다. 달을 보던 연우가 할 말이 있는 듯 달을 향해 손을 뻗고 있다. 나는 꽤 먼 거리에 서 있는 그런 연우를 어느 때보다 진지한 눈빛으로 바라본다. 바람이 연우의 긴 머리카락을 한 올 한 올 만지고 스쳐 지나간다.

누구보다 행복한 얼굴로 하늘을 향해 손을 내민 연우가 웃는다. 그녀는 그의 팔을 끌며 그게 어디쯤인지 자꾸 묻는다. 뭐가 그리 궁금한 게 많은지 연우의 입이 자꾸만 움찔거리는 게 보인다. 연우는 그 긴 손가락으로 하늘 어딘가의 빈 공간을 가리키고 있다.

"그래 연우야. 잘 했어. 그게 달이란다."

허공에 뜬 손가락이 그리는 동그라미 안에는 달이 보이지 않는다. 거짓을 말하는 것이 때론 희망이 된다는 사실을 알게 된 그 순간부터 나도 그도 누군가도 연우에게 거짓말을 시작하게 되었던 것 같다.

연우가 웃는다. 하지만 나는 웃을 수가 없다. 그가 연우의 궁금증을 해소한다면서 거리낌없이 다가서는 순간 그 작은 가슴을 만지작거렸을지도 모를 일이다. 연우의 작은 얼굴을 훑고 지났을지도 모를 일이다. 그가 살짝 연우의 엉덩이를 더듬거렸을지도 모를 일이다. 그래, 그럴지도 모를 일이다. 그럴지도….

어쩌면 그 모든 것은 단순한 나의 기우인지도 모른다. 연우는 아직도 손가락을 하늘가로 향하고 있을 뿐이니까. 나의 걱정을 아는지 모르는지 그저 연우는 손가락을 허공에 대고 젓는다. 마치 연우가 그리는 대로 만들어질 세상이 바로 지금 그대로 존재하기를 바라기도 하는 듯이.

"그래, 그렇게 노란빛이 퍼지고 있어. 아주 환하지?"

또 그의 거짓말이다. 달은 이상할 만치 조금씩 빛을 잃어가고 있다. 사라져가는 빛과 함께 그의 손이 어쩜 연우의 온몸을 더듬어 갔을지도 모르겠다. 어느 날부터였는지 모르겠지만 내겐 보이지 않는 의심들이 자꾸 똬리를 튼다. 가깝지 않은 거리, 내 시야에서 멀어지는 반경일수록 그런 의심은 더 늘어가는 것 같다. 멀리서 보니 그가 이내 자연스레 연우의 몸을 껴안고 있다. 하지만 누가 볼세라 주위를 두리번거리더니 바로 연우에게 올려뒀던 두 팔을 내리고 두 손바닥을 연우의 등에 댄 채 아파트 입구 쪽으로 살살 밀고 들어가고 있다.

"이제 들어가자."

타닥거리며 불나방이 타들어가는 가로등 아래로 경비가 지나가며 노래를 부른다. 그의 구수한 노랫가락 때문에 고막이 터질 지경이지만 특수헤드폰을 제작한 후라 요즘은 덜 힘들다. 늘 그렇듯 내 귀를 울리는 소리의 파장은 파도처럼 쓰윽 밀려왔다가 거리가 멀어져 가면 점점이 사라지곤 한다.

사실 연우의 소리는 다른 이들과는 그 파장부터가 다르다. 부드럽고 온화하며 나지막하다. 사람들은 아니 그 가족들조차도 연우의 소리가 남들과 다르다는 걸 눈치 채지는 못한다. 아니 사실 그것은 나 외에는 어느 누구도 알 수 없는 소리의 세계일 것이다. 그렇다고 해서 내가 여느 사람들은 결코 들을 수 없는 그 음의 파장을 그들에게 설명할 이유는 없다. 사실 그것은 내가 설명해서도 안 될 일이고 설명할 수도 없는 일이다.

글을 못 쓴 지 일 년 하고도 석 달 보름이 지나고 있다. 이젠 어떤 변명도 할 길이 없다. 출판사도 이제 곧 내게 등을 보이고 싶을 거라는 것도 안다. 도대체 연우가 돌아오고 시작된 슬럼프를 어떻게 설명할 수 있을까? 설명이란 게 어디서부터 어디까지가 가능한 것일까? "설마 그깟 계집애 때문이라고요? 말이 되는 핑계를 대셔야죠."라고 할까 봐 나는 편집장에게 일언반구도 하지 않고 있다.

그래, 사실 연우는 핑계다. 연우가 내게 피해를 준 건 전혀 없기 때문이다. 오히려 연우를 보게 된 후 내게는 삶의 여유라는 게 생겼다. 연우가 웃을 때마다 나도 따라 웃게 되었고 연우가 노래하면 나는 어느새 연우의 노래를 들으며 잠이 들어 있기도 했다. 연우의 그림자를 밟고 서 있던 그놈을 생각하면 불편하고 끔찍했지만, 연우가 바로 거기, 내 가까이에 있다는 사실만이 내게는 중요했다.

"바다는 파란색, 사과는 빨간색, 땅은? 땅은요?"

그런 질문을 받을 때마다 그놈은 자신도 모르게 잠시 멈칫했던 것 같다. 그가 거짓으로 포장하는 색깔은 늘 그 모양이다.

"땅은 갈색이지."

이렇게 단순하게 색을 나누고 가르치는 그의 대화방식은 쓸모없는 것이다. 내가 나서지 않는 건 연우가 아플까 봐, 차마 대화를 끊을 수가 없어서일 뿐이다. 연우에게 그렇게 이상하게 채색된 세상을 그려주고 싶지 않지만 연우는 언제나 그렇듯 아직은 내 말엔 귀를 기울일 수가 없다. 말해주고 싶은 게 많은데 가슴에 차곡차곡 쌓아둘 일이 점점 많아지고 있다. 그럴 때마다 내 귀는 가렵고 진물이 흐른다.

들어주지 않는 건 각자의 몫이지만 나는 사람들의 많은 이야기를 들어 주었다. 때론 그들은 말을 하다 말고 돌발행동을 보이는 일도 종종 있었다. 비밀 보장이라지만 비밀은 당신 입을 잠가둬야 지켜지는 거라며 내 입을 향해 바늘을 들이대는 일도 겪었다. 그런 상황에도 나는 사람들의 말을 들어왔고 또 듣고 있는 것이다. 세상의 모든 사람들이 뱉은 말들의 쓰레기통이 되어야겠다는 마음으로. 그러다 보니 요즘은 내가 들어준 만큼의 반이라도 누군가는 내 이야기를 들어주어야 맞는 게 아닌가 하는 생각을 부쩍 하게 된다.

소설 속에서 튀어나온 듯 연하고 하얀 피부의 연우. 빛을 가리는 큰 챙 모자 안의 연우의 얼굴은 낮에는 가려져 볼 수가 없다. 하지만 밤이 되면 은은한 달빛 아래 가끔 모자를 벗고 두 갈래 머리를 늘어뜨린 연우의 작은 달걀 같은 얼굴을 볼 수가 있다. 그렇게 먼발치에서 보고만 있어도 행복해지는 그런 날이 있다. 보고 싶었던 얼굴을 볼 수 있다는 기쁨 때문일 수도 있지만 그저 그녀의 숨소리가 바람결에 향기롭게 전해지는 그 순간, 잠시 걱정을 내려놓을 수 있기 때문이다. 그런 날은 이명을 겪으며 불안하게 살아온 내게는 왜인지 위로가 되는 날이다.

그런데 늘 보고 싶은 연우가 한번은 긴 여행을 떠나 보지 못하게 되었는데, 그때 나는 너무 화가 난 나머지 창밖으로 열대어 구피가 들어있는 어항을 그냥 내던져버린 적이 있다. 다행히 아무도 지나가는 이가 없어 다친 사람도 없었지만 내장이 짓이겨진 멸치 같은 구피가 깨진 유리 파편과 함께 나뒹굴고 있었다. 그렇다고 청소가 내 몫은 아니었다. 입주민의 불만이 나오기 전에 용역업체에서 파견된 미화원 한 분이 언제 소식을 들었는지, 깨진 흔적 자체를 말끔히 지워버렸다. 내 분노의 흔적도 함께….

달이 어느새 거의 먹혀들어가고 있다.

"월식? 지구가 달을 먹는 날."

"에이. 그게 뭐예요?"

어느새 연우를 제외한 연우 가족들이 나와 있다. 진지하게 묻는 연우의 동생에게 '지구 그림자에 달이 가려지는 것'이라는 설명은 하지 않는 그놈. 내가 늘 의심의 눈초리로 지켜보는 것을 모르는 그는 연우의 삼촌이다. 삼촌은 '그까짓 것'이라는 비열한 웃음을 띠고 있고 그 모습을 남기겠다고 누군가는 유유히 셔터를 눌러대는 소리가 점점 크게 들려온다. 그들의 피사체를 옆에서 자랑스럽게 찍어대는 이는 바로 연우의 엄마다.

"연우는?"

"좀 전에 들어갔어."

"야, 설마 너 또 연우 더듬었니?"

그놈은 무척 당황한 듯 갑자기 목소리를 낮게 깔고 도리어 연우 엄마에게 질문을 하고 있다.

"누나는 날 도대체 뭘로 보는 거야?"

"뭘로 보냐고? 뭘로 보긴. 조카까지 성 상대로 생각하는 무식한 놈으로 보지."

어이없는 표정으로 연우 엄마를 보던 삼촌이 도리어 화를 낸다.

"내가 아픈 조카를 보니 맘도 아프고 예쁘기도 해서 좀 만져봤다 왜? 걔가 뭘 알기나 한다고 누난 그런 말을 막 하고 그러냐."

"야, 정신 차려. 연우는 네 조카야."

"말이야 바른 말이지. 엄밀히 말해서 걔가 왜 내 조카야? 원래 아무 사이도 아닌데."

"야. 입 좀 다물어. 나를 엄마로 알고 사는 애야. 넌 모녀 사이를 그런 식으로 이간질하고 싶니? 걘 눈이 좀 흐린 거지 바보가 아니라고."

그래, 맞는 말이다. 연우는 바보가 아니다. 그녀에게 남은 시력이 얼마나 되는지는 알 수 없지만 정상인으로 태어난 연우가 사고로 시력을 잃어간다는 사실만이 안타까울 뿐. 그래, 보이지 않는다고 달라지는 건 없지. 오히려 연우는 언젠가부터 나한텐 살아가는 이유가 되었으니까. 연우 엄마도 나처럼 그런 마음이었던 거야.

"너 그런 소리 또 할 거면 집엔 들어오지도 마."

키 작은 연우 엄마가 키 큰 동생을 올려다보고 있지만 보무도 당당하게 동생의 머리를 쥐어박는다. 바로 그거다. 저랬어야 했다. 그게 연우를 지키는 기본적인 태도여야 했다. 난 연우가 당하고 있음을 알면서도 눈앞에서 버릇처럼 계속된 그의 성추행을 지켜보고만 있었던 것이다. 나는 늘 그랬다. 용감하지도 불의에 반항하지도 못했다. 그게 나다. 연우에겐 늘 부족한 사람.

"날이 좋아 월식을 제대로 보겠네요."

멀리서 지켜보던 경비 아저씨가 연우네 가족을 지나쳐가며 슬쩍 말을 건넨다.

"네, 수고가 많으시네요. 그렇죠 뭐."

일상적인 대화가 오가는 동안 정말 지구의 그림자가 달을 물들이고 있다.

*

얼마 전에는 이상한 경험을 했다. 갑자기 귀가 불처럼 뜨거워지는 것이었다. 내 말과 다른 말들이 귓구멍을 아예 통째로 달구고 있었다. 순간 너무 당황한 나는 헤드폰을 벗어던졌다. 그러고 나니 오히려 아무 소리도 들리지 않는 것 같았다. '어, 드디어 귀가 나은 건가? 약효가 있나?' 갑자기 사방이 너무 고요했다.

"연우야."

나도 모르게 그녀의 이름을 부르고 있었다. 이제는 어떡하지? 버릇처럼 일상이 되어버린 너의 목소리가 들리지 않는 날이 올 것만 같아. 나는 늘 고통스런 귓병이 낫기를 바랐지만 연우를 만난 그날부터 병을 치료하는 게 나은지 연우의 목소리를 훔쳐듣는 이 행복을 누리는 게 나은지 양날의 검이 되어버린 선택적 고민이 생겼다. 연우는 이런 나의 맘을 알까?

소리의 진동으로 느끼던 음악도 이제 듣지 못하는 걸까? 약의 강도가 낮아진 탓에 일어난 일이다. 그럼 한 알을 더 먹으면 나을 수 있을까?

"너무 크게 들리거나 머리가 깨질 듯 아프면 말씀하세요. 양을 조절해 드릴게요."

김 박사의 처방은 언제나 그렇듯 정확했다. 요즘 들어 너무 크게 들리는 사람들의 말소리 때문에 많이 힘든 게 사실이었다. 듣고 싶지 않은 소리까지 듣게 되는 고통을 누가 알겠는가. 어느 날 듣기 싫은 많은 말들이 거미줄처럼 방사형 스피커로 점점 커져만 간다는 그 고통을 말이다. 하지만 이것 또한 아니다. 들리지 않는 세상, 소리가 없는 공간에 산다는 것 또한 상상도 할 수 없는 일이다.

얼마 전에 고교 동창 녀석에게 열대어를 분양받아 다시 키우게 되었는데 나는 그 열대어를 뚫어지게 바라보고 있었다.

"아무 소리도 없어."

제 온몸을 곧추세워 춤을 추는 저 수컷의 요란한 몸짓에도 물방울 소리조차 나지 않는 것이었다.

"큭큭. 샘, 물고기한테서 무슨 소리가 들리겠어요?"

수가 나를 보며 웃었다.

"이젠 술 좀 깼어?"

"그런 듯. 나 샘 집에서 종종 잘까 봐. 너무 좋아 미칠 것 같아."

"쓸데없는 소리. 술에 취한 너를 차마 버리고 올 순 없어서 데려온 거지, 무슨 영화를 보자고 너를 내가 데려왔겠니?"

수의 목소리가 언제나처럼 또박또박 들린다.

"아, 이제 들리는군. 근데 왜 갑자기 들리지 않았던 거지?"

"네? 뭐라는 거예요?"

"아니 아니야. 잘 가라. 술 좀 적당히 마시고."

간다고 겉옷까지 챙겨 입고 나가려던 수가 갑자기 뒤를 돌아보더니 뜬금없는 말을 했다.

"샘! 나도 열대어 키우고 싶어요."

그녀의 말이 반가웠다.

"그래, 그렇게 해. 많은 도움이 될 거야. 정서적 안정감이 생기겠지."

내 말을 듣던 수가 음흉한 미소를 지어 보였다.

"아뇨, 우리 야옹이가 좋아할 것 같아서요. 막 괴롭히면서…."

그녀는 두 손을 굽혀 열 손가락으로 내 눈을 향해 긁는 시늉을 하고 있었다.

*

보름달이 뜨는 날이면 마음이 불편하다는 내담자가 꽤 많이 예약되어 있는 날이다. 게다가 월식 때면 더 불안감을 느낀다는 내담자들이 있다. 인간이 늑대로 변하는 어느 영화에서는 늘 월식 장면이 등장한다. 핏빛 달과 함께 노란 눈빛이 붉은 눈빛으로 변하고 그 순간 변해가는 자신을 혼돈된 머리로 거부한다. 하지만 결국 승리하게 되는 건 짐승의 본성이라는 게 문제다. 사람들은 짐승이 되고 싶지 않는 거다. 그래서 불편한 맘이 되는 거다.

늘 그렇듯 상담 시간이 되면 나는 손을 씻는다. 상담은 입으로 하고 귀로 듣는 일이라 손을 씻는 과정이 필요하다고 여기지 않겠지만 나는 손을 씻는다. 비밀을 지켜야 하는 사람이라면 그들의 말도 기억도 생각도 모두 지워야 하는 게 도리일 테니. 얼마 전에 수에게 받은 수제 비누로 나는 손 마디마디를 문질러 본다.

"내가 직접 만들었어요. 샘이 좋아할 만한 라벤더 향이야."

"라벤더?"

그건 수가 좋아하는 향이다. 나는 참기름 향이나 들기름 향이 차라리 낫다고 생각하는 사람이다.

수는 내담자였다. 열아홉에 아이를 낳고 아이의 아빠인 놈에게 버림받았다. 그는 수가 다니던 주유소의 젊은 사장이었는데 알고 보니 아내와 아들이 미국에 있는 기러기 아빠였다. 수의 아이는 수를 큰언니로 알고 함께 살고 있다. 다행인지 불행인지, 함께! 말이다. 거기서 수의 비밀 이야기는 시작되었고 아직 현재 진행형이다.

수가 나를 찾아온 것은 첫 번째 비밀 때문이 아니다. 그녀의 두 번째 비밀이 그녀가 나를 찾은 이유다. 누군가 자신을 만지면 가시가 돋아난다는 것이다. 어느 부위를 가리지 않고 자신을 만지면 알 수 없는 기운이 자신의 몸을 감싸 흐르며 가시덤불을 자라게 한다는 것이었다. 환상이나 착각임을 인지하고 있긴 하지만 누군가 한 사람만은 자신을 믿어주길 바랐다는 그녀가, 헤매다 찾은 곳이 바로 나의 상담소였던 것이다.

누군가의 기억을 사야 밥이라도 먹고 살 수 있는 나는 요즘 손을 씻는 일에서 그치지 못하고 어느 때부터인가 귀를 씻기 시작했다. 때때로 염증 때문에 김 박사에게 들러 치료까지 받은 적도 있지만 그 후로도 나는 귀를 씻는 일을 그만둘 수가 없었다. 끊임없이 섞여드는 소음이 온몸을 타고 적시다 귀를 통해 터져 나오는 꿈을 악몽처럼 반복하며 꾸고 있는 탓이기도 했다. 그들에게 말할 순 없지만 그들을 만나고 나면 나는 밤마다 온몸이 가려웠다.

특히 사타구니를 스멀스멀 기어오르는 알 수 없는 기운은 가려움의 기준을 이미 넘어섰다. 완벽하지 못한 나를 완벽한 사람으로 치장하는 일은 그리 어렵지 않았다. 하지만 그 후유증은 컸다. 남의 비밀을 알고도 '임금님 귀는 당나귀 귀'를 알릴 수 없었던 그 이발사처럼 나는 밤마다 하루 동안 들었던 타인의 기억들 때문에 가려운 증상을 겪고 있는 것이었다.

"손을 왜 씻어요? 샘은 내 말들이 더러워요?"

수가 자신과 상담을 마치자마자 손을 씻는 나를 우연히 보고 한 말이었다. 무슨 대답이 맞을까 하고 나는 잠시 고민했다. '그래, 넌 더러워'라고 말해버릴까 싶기까지 했다. 나는 수의 물음에 대한 답 대신 침을 소리가 들릴 만치 크게 삼켰다. 화제를 돌릴 만한 일이 필요했다.

"근데 열대어는 키우고 있니?"

무슨 뚱딴지냐는 듯 수가 나를 빤히 바라보고 있었다.

"열대어는 왜요?"

오히려 질문을 돌려받은 나는 귀가 가려워지기 시작했다.

"내가 열대어를 키우겠다고 했나요?"

이젠 가슴팍까지 벌레가 기어 다니는 것 같다. 수의 얼굴을 피해 시선을 돌린다.

"아니 난, 아… 아닌가? 아님 말고."

나의 반응에 수는 오히려 즐거운 모양이다.

"그거 알아요?"

"응? 뭐를?"

"나 샘 좋아하는데."

뭐라고 말해야 하나 잠시 머뭇거렸지만 사실 상처 주면 안 된다는 생각이 지배하는 한 정해진 답은 하나였다.

"그래. 나도 수 좋아하지."

수의 동공이 커지면서 잠시 눈빛이 반짝거렸다.

"그럼 언제 한번 할래요?"

수가 즐기는 장난말인지 알고 있으면서도 선뜻 대답을 못 하자 수가 손가락질을 하며 한마디 톡 쏜다.

"으이고 바보 울 샘, 저 그만 가요."

수를 보내고도 예약자들이 많이 남아 있다 보니 상담시간은 꽤 오래 걸렸다. 약 먹을 시간이 다 되어 가는데 평소보다 늦게 상담소 문을 닫은지라 집에 두고 온 약 한 알은 생략해야 할 판이었다. 연우랑 월식을 볼 수 있을까? 나는 있을 수 없는 상상을 하며 길을 걷는다.

집으로 돌아오는 길에는 '오래된 풀빵가게'라는 간판이 있다. 가끔 보지만 참 오묘한 말이다. 오래된 풀빵이라니, 말이 앞뒤가 안 맞는 것 아닌가? 내가 요새 딱 그런 것 같다. 오래된 기억의 무순서 배열, 뒤죽박죽해진 그것은 제자리로 돌아오기가 점점 힘들어진다. 끝도 없이 반복되는 시간 안에서 나는 도미노처럼 무너질 나를 본다. 그들의 이야기나 눈물의 호소는 내 귓전에 메아리치지만 내게 무엇보다 소중한 것이 전혀 존재하지 않는다는 것이 문제다. 혹은 그게 내게 소중한 것인지를 모를 수도 있다는 그 사실이 무서울 뿐이다.

그때 연우를 만났다. 연우는 내 소설의 완벽한 주인공의 자격을 가진 아이였다. 내가 원하던 캐릭터였고 내가 꼭 쓰고 싶은 존재였다. 하지만 연우를 볼수록 오히려 글을 못 쓰게 되었고 연우를 사랑할수록 귀는 점점 뜨거워졌다. 급기야는 귀의 이명 때문에 헤드폰을 써야 했다. 그래도 계속 들리는 그 수많은 말들은 나를 끝없이 괴롭히고 있었다. 그것은 마치 MRI 기계 안의 방에 갇혀 벽을 자꾸만 다른 노크 소리들로 점점 크게 두드리는 자들을 참아내야 하는 그런 느낌이었다. 귀에 열이 나는 부작용이나 귀가 들리지 않는 부작용도 김 박사가 그즈음 준 약의 부작용 중 하나였다.

어릴 적에 잠깐 고막에 염증이 생긴 적이 있었는데 그 후로 치료를 제대로 받지 않아서 가끔 소리가 비정상으로 들리거나 심한 이명 증상을 동반하곤 했다. 김 박사는 새로운 약을 연구하는 데에 늘 열심이어서 나는 기꺼이 그의 실험대상이 되어 주곤 했다. 하지만 연우의 얼굴만 보면 부작용이 심해져 정작 연우에게 다가가기는 점점 힘들어져 갔다.

옛날 풀빵처럼 나는 똑같은 모양으로 사람들의 시야에 매일 앉아있다. 달콤한 꿀을 품고 사람들의 이야기에 끄덕거리고 다 이해한다 하지만 정작 나는 나를 이해하기가 점점 힘들어진다. 차라리 수처럼 튀는 사람이었다면 얼마나 좋을까 싶기도 하다. 누가 뭐래도 나만 옳다는 멋진 병에 걸린 수가 부럽다는 생각을 해본 적도 있다.

사람들이 소곤거리며 지나간다. 월식? 그래. 대부분은 월식이라는 말을 하고 있다. 오늘이 그날이라 사람들은 아주 반가운 표정이다. 지구가 달을 삼키는 날.

'근데 맛있나?' 흩어지고 모이는 이상한 파장의 말들 속에서 약 시간을 놓칠까 봐 걱정되는 나는 긴장감을 풀기 위해 유치한 농담 하나를 머릿속에서 되뇌며 사람들 사이를 스쳐지나간다. 집까지 가는 시간상 거리는 약 20분 정도. 어쩌면 연우랑 그 월식을 볼 수 있을지도 모르겠다.

설렌다. 미치도록 귀가 가렵다. 무방비 상태의 귀가 가렵다 못해 불에 타는 것 같다. 집으로 가는 길에 아무 일도 없다면 앞으로 15분. 한 치의 오차도 없을 것이다. 약을 먹을 시간이 정확히 그 정도 남았으니.

"어? 샘!"

수가 비틀거리며 내게로 다가온다.

"나 집에 못 가겠어. 너무 마셨나 봐."

"뭐야. 너. 또?"

수가 주먹을 꽉 쥐었던 손을 풀고 미소 지으며 말한다.

"그 아저씨들이 이렇게 많이 준대서 따라 다니다 보니…."

수의 손아귀에서 아무렇게나 접힌 지폐들이 바닥으로 떨어진다. 나는 그 돈들을 주섬주섬 주워 수의 가방을 열어 넣어준다. 가방 안에는 금방 구워낸 것 같은 붕어빵 두 마리가 봉지에 눌어붙어 있다.

"야, 수, 조심해야지."

수가 오늘 하루도 많이 무거웠던 것처럼 자꾸만 내 가슴 쪽으로 온몸을 기대어온다.

"샘, 나 집에 가면 울 딸이 봐서 싫어."

수의 눈에 낯설게도 눈물이 고이고 있었다. 흔들리는 말투에서 진심이 느껴졌다. 할 수 없이 나는 수를 부축하고 지나던 택시를 잡아탔다. 그러다 보니 집에는 예정보다 일찍 도착했다. 멀리 연우가 보인다.

*

"쓸데없는 고집만 부리네. 네 엄마 일이지 네 일이 아니잖아. 이거 안 해 줘도 네 엄마 말 믿어줄 사람 없어. 이 정도면 좋게 쳐 준 거라고."

도저히 용납할 수 없는 일이었다. 어머니의 잘못이 아닌데 어머니더러 합의를 하라는 그들의 태도는… 나는 어머니의 벗겨진 몸을 끌어안았다. 내가 학교에서 돌아오지 않았다면 아무런 일도 없었을 거라며 도리어 합의 안 하면 그냥 아무 일 없는 거라 협박하는 그들. 어머니의 오른쪽 눈은 피멍으로 범벅이 되어 있었고 어머니의 가랑이 사이에선 피가 초콜릿 소스처럼 굳어 있었다.

어머니의 먼 친척이라던 삼촌들은 엄마를 죄인 취급하고 있다. 아무런 반응도 할 수 없는 식물로 간주되어온 엄마. 교통사고 후 뇌기능이 퇴화되어버린 어머니에겐 간병이 필요했다. 내가 학교에 가는 동안 먼 친척이 와서 돌봐주곤 했는데 그날은 내가 너무 일찍 왔다는 것이다.

변명 아닌 변명으로 채워지던 삼촌의 이야기는 급기야 어머니를 꼬리치는 여자로 몰고 가기까지 이야기를 와전시키기 시작했다. 쌀 떨어진 쌀통에 들어앉은 빈 사발에다 돈 몇만 원 던지며 그가 던진 말은 더러운 위로였다.

"좋게 말할 때 그만해라. 머리에 피도 안 마른 것이. 네 엄마 춥겠다. 옷이나 입혀드려."

하며 바지춤에 열려있던 지퍼나 허리띠를 채우는 두 명의 삼촌들.

"어이 가자고. 내일은 좀 바빠서 못 올지도 모르겠다."

선심 쓰듯 웃음을 흘리며 떠나는 그들의 뒤태에선 짐승의 노린내가 진득했다. 그 짐승 하나가 어린 동생을 보며 음흉한 웃음을 남기며 나가고 있었다.

“엄마. 엄마아.”

나는 아픈 엄마의 몸을 씻기며 그들의 더러운 흔적을 지워갔다. 얼마나 많이, 얼마나 오래 그랬을지는 짐작하고 싶지도 않았다. 엄마의 야위어가는 손마디에 비누를 문지르며 나는 아무것도 할 수 없는 나 자신을 원망했던 것 같다. 그렇게 하루를 보내고 이틀을 보내다 보니 학교에 가기는 더 힘들어졌다. 그렇게 일주일이 지난 어느 시간, 깜빡 잠이 든 나를 두고 엄마가 사라졌다.

나가면 집을 찾아올 수 없을 게 뻔한 엄마를 잃어버린 것 같아 가슴이 두근거렸다. 사람들이 수군거리는 소리가 먼 데서 들려왔다. 그 소리가 점점 커져서 나는 귀가 스피커가 되는 줄 알았다. 멀리 떼를 지어 둘러선 사람들이 보였고 나는 그곳으로 빨려가듯 다가가고 있었다. 마치 알고 있었다는 듯이 그곳으로 다가간 나는 엄마가 부둥켜안은 동생과 동생 손에 꼭 쥐어 찌그러진 붕어빵 한 마리를 보았다. 온몸은 피투성이였지만 동생의 손에 든 붕어빵은 아직 따뜻해 보였다. 구급차 소리가 요란하게 들려오고 사람들의 말소리가 더 또렷해졌다.

"내가 봤는데 이 붕어빵 한 개를 들고 이상하게 비틀거리며 도망가더니 따라온 애기 구한다고 도로로 달려들더라고. 저기 저 차랑…."

"그게 그렇게 된 거야? 붕어빵 한 개에 얼마나 한다고, 쯧쯧."

그래. 내가 텔레비전을 보고 있었지. 화면에서 붕어빵을 먹는 아이들이 나오고 있었어. 그때 나도 모르게 무심코 "붕어빵 먹고 싶다. 내가 어디서 일자리라도 얻으면 저런 붕어빵 그냥 가득 사다 먹을 거다." 했지. 그래. 그랬어. 내가, 바보같이.

그랬다. 엄마가 그 말을 듣고 있을 거라는 생각은, 엄마가 밖으로 나갈 수 있는 사람이라는 그런 생각은 아예 해보지도 못한 채. 그저 그것은 나의 혼잣말이었다. 셋이 있지만 늘 혼자 같았던 나의 독백 같은 것이었다. 내가 그러지 않았으면 엄마는 아직 내 곁에 있을걸. 붕어빵 먹고 싶다는 말만 안 했으면. 나는 너무 미안해서 우리 엄마라는 말도 못 하고 물끄러미 구급차를 바라만 보고 있었다.

"엄마, 엄마아, 엄마, 엄마."

넋을 잃고 엄마를 부르며 집으로 돌아왔을 때 나는 오롯이 혼자였다. 셋이었지만 바보처럼 혼자 남은 그 집은 메아리처럼 반복되는 내 목소리를 삼키고 또 삼키고 있었다.

얼마나 엄마를 불렀던지 다음 날 엄마의 부고를 접했을 때 나는 아무 소리도 낼 수 없는 상태가 되어 있었다. 장례식에는 아무도 오지 않았다. 그 먼 친척 삼촌 둘만이 내 어머니의 죽음을 애도했다. 허공에 소리들이 떠다니다 내 귀로 들어와 이명이 되고 있었다. 혼돈의 소리들이 내 귀를 내 가슴을 갉아먹고 이제 난 무엇이 옳은지 따질 힘조차 남아 있지 않았다. 그렇게 나는 그곳을 떠나 고모 댁으로 이사했다.

*

오늘이 그날이다. 이제 곧 달이 지구 그림자에 가려지기 시작할 거다. 아주 조금 손톱만큼. 그렇게 시작될 거다. 아파트 입구에 들어서는데 연우가 삼촌의 부축을 받으며 놀이터 쪽으로 이동하는 게 보인다. 소리가 미세한 파장을 일으키며 들려온다.

"달이 떴어?"

"그래. 떴어."

"삼촌. 색깔이 예뻐?"

"그래. 예쁘네. 너만큼."

"보름달 맞지? 알람이 알려줬어. 보름이라고. 그럼 보름달이라고 선생님이 말했어."

"아는 것도 많은 우리 연우."

연우의 볼을 꼬집으며 지그시 연우를 바라보는 그를 보자니 메스꺼운 기운이 몰려오고 귓불이 타버릴 것 같은 느낌이 든다. 나는 수를 부축하고 모른 척 그들을 무시하고 일단 집으로 들어섰다. 약을 먹을 시간이 조금밖에 안 남았다는 생각 때문이었다. 일단 정신없는 수를 눕히고 나는 약봉지가 들어 있는 식탁의 작은 소쿠리를 먼저 바라본다. 정확한 시간에 맞춰 복용하면 문제가 없을 약인데도 지금은 이상하게도 귀는 더 뜨겁고 말소리는 더 크게 들려와 집 안을 통과해 지나가는 모든 사람들은 물론이고 멀리에 앉아서 잘 보이지 않는 연우와 삼촌의 대화까지 들려온다. 또 부작용이다. 소리가 참을 수 없었지만 나는 일단 수를 소파에 누이고 환기하려 열어두었던 베란다 창문부터 얼른 닫기로 한다.

그 순간이었을까? 물결처럼 연우의 모습이 내 눈 안으로 넘실대며 들어온 것은…. 거부할 수 없는 연우의 입술이 너무 가까이 느껴진다.

"아파."

다행한 것은 연우는 내 엄마와 다르다는 점이다. 아프다고 말할 수도 있고 진짜 엄마다운 엄마라 부를 수 있는 힘 있는 존재도 늘 연우 곁에 있으니까. 그러니 그저 나는 방관자일 수 있는 것이다. 연우의 눈이 대각선으로 바라보는 나의 시선과 마주친다. 아니, 내 느낌엔 그렇다. 하지만 연우는 이내 그 예쁜 손가락을 내리고 집 안으로 들어가고 있다.

연우를 사랑하는 내 마음을 연우는 모른다. 내가 연우의 그림자가 되어가고 있다는 것을 연우는 모른다. 약기운이 떨어지기를 일부러 기다린 건 다 연우의 목소리를 듣고 싶은 이기심 때문이다. 약은 나를 치료한다는 명목하에 내가 듣고 싶은 소리를 걸러내는 필터가 되어가고 있는 것일지도 모른다.

연우의 소리도 그중 하나였다. 내 귀는 누구보다 특별해서 나랑 맞는 주파수의 소리만 들을 수 있다는 것이다. 기본 소리는 다 들리지만 멀리 있는 사람의 말소리 중 주파수가 맞는 소리는 내게 더 또렷이 들린다는 것이다. 연우는 그중 가장 예쁜 목소리 소유자다. 하지만 심한 이명을 앓고 있는 나는 약을 먹지 않을 수 없고 약을 먹으면 주파수가 같은 소리는 그 의미가 사라지고 만다. 그런데 오늘은 월식이 이루어지는 내내 서서히 귀의 소음들이 커졌다 작아지기를 반복하고 있는 것이다.

"무엇이 옳은지는 중요하지 않아요. 내가 옳다고 믿는 게 무너지는 순간이 없어야 된다는 거죠. 그래야 내가 살아갈 수 있는 거니까."

수가 상담 때마다 하는 말이다. 자기합리화를 하고 싶은 수의 입장을 나도 알고 있지만 사실 수는 모르고 있는 게 있다. 자기합리화는 때론 지리멸렬의 수순을 밟게도 한다는 것을. 어쩌면 영원히 모를 수도 있다. 그래야 수가 살아갈 수 있을 테니. 연우를 향한 나의 마음은 얼마나 자기합리화를 해야 행복해질 수 있는 것일까? 소설을 쓰기 위해 자리에 앉아있던 나는 연우라는 이름만 타이핑하고 가만히 앉아 있다.

"월식이 시작되었습니다. 사람들은 모두 우주 쇼를 보기 위해 하늘을 바라봅니다. 옛날 사람들은 붉은 달이 신이 계시하는 흉조라 하여 몹시 두려워하기도 했다고 하네요. 세계 각지에서는 일식과 월식의 기원에 대한 다양한 전설들이 전해져 내려온다고도 합니다. 그리스 신화에 서로 등을 맞대고 있는 세 명의 여자의 모습으로 묘사되고 있다고 하는 여신 헤카테는 저승의 개를 이끌고 나타나 저주의 마법을 펼쳤다고도 합니다. 우리는 2년하고 반을 코로나19라는 저주의 마법에 걸려 있는데요. 어서 빨리 이 마법에서 벗어나 마스크를 벗고 모두 밝은 미소를 보여줬으면 좋겠네요."

옆집 TV에서 흐르는 뉴스 소리가 벽을 뚫고 징징거리며 들려온다.

"연우는 바보가 아냐."

연우 엄마의 목소리가 그 울림들 사이에 섞여 들려온다. 구피 수컷 두 마리가 몸을 곧추세우다가 등을 새우처럼 구부리며 꼬리부터 부드럽게 춤을 춘다. 귀찮은 듯 소녀 구피는 그 둘 사이에서 재빨리 빠져나간다.

달이 지구 그림자에 서서히 가려진다. 나는 손가락을 움직여본다. 월식. 천천히. 느리게 글자들이 춤을 춘다. 귓가를 맴도는 타이핑 소리. 수가 빌려 입고는 벗어던진 나이트가운이 타이핑 소리에 깜짝 놀라 소파 등걸에서 미끄러진다.

"샘, 지구 그림자가 달을 먹는 기념으로 한번 어때?"

수의 입술이 내 가슴을 파고들 때,

"삼촌은 나빠."

창밖에선 연우가 운다. 그리고….

"어어."

말 못 하는 엄마가 피를 흘린다. 엄마, 엄마, 엄마아. 그런 엄마를 보곤 내가 울고 있다. 엄마 품에 안겨 있는 동생의 눈이 힘없이 뜨이더니 입술을 달싹거리다 이내 감긴다. 이명 속에서 나는 들었다. 동생의 눈이 멀리서 나를 보고 놓치지 않으려던 그 목소리를.

"오빠."

그것은 동생과의 첫 번째 이별의 순간이었다. 고모가 이혼

하면서 동생은 어딘가로 입양 보내졌다. 그리고 나는 다시 혼자가 되었다. 그게 동생과의 두 번째 이별이었다. 나는 그때 동생 손을 놓쳤고 결국 엄마의 기억을 묻어두기로 했다. 그렇게 스스로를 놓아버린 망각 덕에 연우를 찾기 전까지 나의 귓병은 조금씩 치료되고 있었다.

"연우야."

나는 어느새 수의 따스한 가슴을 부여잡고 술에 흠뻑 젖은 그녀의 혀를 내 입 안으로 초대한다. 힘껏 수를 안고 소파 바닥으로 떨어져선 엄마를 탐하던 그 삼촌들처럼 수의 몸을 탐한다. 수의 젖꼭지에선 초콜릿향이 난다. 배꼽으로 다다른 혀에선 달콤한 샘물이 솟아 내 목마름을 채운다.

"연우야."

수가 어느새 내 가랑이 사이에서 몸을 곧추세워 춤을 춘다. 동그랗게 수의 가슴이 파도를 타고 나는 두 손을 뻗어 그 파도의 소리를 멈춘다. 수가 말한다.

"사랑해. 사랑해. 샘."

나는 수의 몸 깊은 곳에 내 기억의 흔적들을 묻어두기로 한다. 대답해 줄 수는 없지만 수는 알고 있을 것이다. 이 순간도 그녀의 인생에서 합리화로 정리될 한 조각일 뿐이라는 것을. 내가 결코 수를 사랑할 수는 없다는 것을.

"지금쯤 달이 먹혔을까? 샘이 나를 먹은 것처럼."

수가 깔깔대며 긴 머리를 뒤로 젖혀 보인다.

스르르 내 몸에서 벗어난 수가 어항 쪽을 향해 깜빡이지도 않고 눈을 고정시키고 있다.

"저 열대어 갖고 싶다. 나 좀 줘."

"그래, 한번 키워 봐."

"흐흐, 키워서 잘 튀겨먹게."

수가 또 웃는다. 열대어 튀김을 상상하니 그렇게 웃긴 걸까? 늘 탁자에 있던 베이비 물티슈를 한 움큼 뽑아 든 수가 나의 사타구니를 꼼꼼히 닦더니 그것을 노트북 자판 위로 휙 던져버린다.

"선물, 글 잘 쓰시라고."

나는 노트북 옆에 수북이 쌓인 수와 나의 흔적을 두고 연우 이야기를 쓰고 있다.

숨이 막힐 듯 고요한 침묵이 흐르던 그때,

"연우야. 연우야."

연우 엄마의 다급한 목소리가 구급차 소리와 함께 들려온다. 덜컹이며 끌려가는 들것 소리와 연우의 희미한 목소리까지.

"엄마, 엄마, 엄마."

"연우야. 괜찮을 거야. 엄마가 삼촌 혼내 줄 거야. 다신 못 그러게 아예 내쫓아버릴게. 우리 아기."

수가 사다 놓은 붕어빵이 식어간다. 연우의 목소리가 멀어져간다.

이제 미뤄뒀던 약을 먹을 시간이다. 그런데 이상하다. 아직 약을 먹지 않았는데 소리들이 들리지 않는다. 이명이 그친 걸까. 수가 튀겨 먹고 싶다던 구피들은 물방울을 튀기며 짝짓기를 하고 내가 치는 타이핑 소리만 선명하다. 아주 천천히 나는 귀를 자판에 기울이며 내 손가락이 만들어내는 그 오묘한 소리를 듣는다. 나는 잠깐 타이핑을 멈추고 약봉지를 바라본다. 일어서서 약을 먹을까 잠시 생각하다 그만둔다. 오늘은 약이 필요 없을지도 모를 일이다. 아주 특별한 우주 쇼에 흠뻑 취해도 되는 날이니까.

*

"이젠 연우 곁에 있지 그러니."

얼마나 지난 걸까? 잠시 잠이 든 건지 시야가 흐리다. 그런데 이 소리는 분명 이명은 아니다. 소리가 들리는 쪽으로 눈길을 돌려 바라보니 자음과 모음으로 채워진 내 노트북 자판 위로 홀로그램처럼 빛나는 두 발이 올라선다. 붕어빵이 가득 든 봉지를 들고 이젠 다 나았는지 아픈 모습이 아닌 우리 엄마가 내 손가락 위에서 웃고 있다. 어린 동생이 그 곁에서 같이 서서 나를 바라보고 있다. 나의 연우가….

엄마가 저렇게 멀쩡하게 서 있고 연우는 이제 저 모습이 아니고 여기 있을 수도 없으니, 그럼 지금 이건… 아직… 꿈속인 걸까?

"연휘야? 연우는 몰라도 너는 알잖아. 연우 탓이 아닌 거."

숨이 가쁘다. 내 숨소리가 너무 크게 들린다. 귀에 머물던 이명이 내 목구멍을 점령하려는 걸까? 나는 답답한 맘에 창문을 열어 본다. 달이 밝다. 언제 그림자에 갇혔던 건지 모르게 잠시 붉다가 사라졌던 그 달이 어느새 말끔하다. 연우 말처럼 달이 정말 노랗다. 한 번도 세상에 속은 적 없는 것처럼 당당하게. 연우가 떠난 자리를 보고 있자니 알 수 없는 눈물이 뺨을 타고 흐른다. 이명이 멈췄다.

'연우야. 오빠가 미안해. 많이 늦어서….'

아마도 내일은 새가 날지 않겠다. 이제 아무도 비명을 지르지 않을 테니.

꼬박꼬박 챙겨둔 하루가 가는 곳엔

결코 기억된 적 없는 이름과 주소뿐

- 문혜영 시 '이방인' 중에서

조금 이른 하오

“이상한 것은 자전거가 지나갈 때

바퀴라거나 자전거의 형태를 본 기억이 없다는 것이었다.

내가 자전거라고 생각하니까

마치 자전거가 생겨난 것처럼”

지금은 열한 시 오십 분. 가게 문을 열고 한참이 지났지만 아직 소식이 없다. 오늘은 내게 특별한 날이 될지도 모를 날이다. 세상을 살아가는 데에는 많은 다른 이유가 누구에게나 이유가 있겠지만 내겐 요즘 평소 생각한 적도 없던 삶의 이유라는 게 생겼다. 오늘은 어쩌면 내가 요즘 생각해온 그 삶의 이유에 대해 진정 답을 얻게 될 날인지도 모르겠다. 점점 입술이 말라온다. 긴장감 탓이겠지만 꼭 그 때문만은 아닌 것도 같다. 사실 나는 꽤 오래 전부터 버릇처럼 열한 시 오십 분을 지나쳐 정오가 되기를 기다리고 있었으니까.

휴대전화 갤러리에 저장해둔 사진을 훑던 나는 갑자기 소름이 돋는다. 그것은 어떤 여인의 사진 한 장 때문이다. 여전히 낯설지만 사실은 낯익은 그 여인. 사진 속 여자는 분명 그 여인이다. 그런데 내가 사진을 찍은 적이 있던가. 생각이 나질 않는다. 기억이 뒤죽박죽이다. 어디서부터 이렇게 되어버린 건지는 모르겠지만 내 기억에는 이런 맞춰지지 못한 퍼즐 한 조각이 가끔 혼란을 주기도 한다. 하지만 이상한 일은 아니다. 사람의 기억이란 게 사실 오류를 일으키는 게 이상한 일은 또 아니니까….

여인의 사진 때문에 혼란해진 나는 나도 모르게 휴대전화를 뚫어지게 바라만 보고 있었다. 이내 정신이 번쩍 든 나는 마음을 안정시켜줄 만한 사진 몇 개를 다시 찾아보기로 한다. 가죽공예 작품이 몇 장 찍혀있다. 서툴고 투박한 몸짓으로 내가 가까스로 만들어낸 작은 필통이 멋진 작품처럼 잘 찍힌 사진 여러 장이 담겨있다.

뭐든 뚝딱 만들어내는 아내와 달리 석 달을 배워도 솜씨가 형편없던 나는 문제가 많은 수강생이었다. 내가 만든 건 작품이 아니라 쓰레기에 가까웠다. 그런 나를 견딜 수 없던 나는 끝내야 할 시간을 아는 것도 용기라는 생각에 가죽공예 수강을 포기하려 했다. 그렇게 마지막이라 여기고 만들어낸 유일한 작품이 이 필통이었음이 갑자기 떠올랐다. 이건 분명 내가 아닌 아내가 찍어둔 사진인 것 같다.

그녀는 나를 보면 '블루'라는 말이 자연스럽게 떠오른다고 했다. 크롬으로 무두질한 가죽. 염색이나 도장하기 전의 불완전한 상태의 가죽을 뜻하는 블루. 어색하고 서툰 데다 부끄럼도 많은 나를 수강생으로 처음 맞았을 때 그녀는 나를 보자 딱 그 느낌이었다고 했다. 그냥 나를 보자마자 '블루'라는 말이 떠올랐다고….

어쨌든 나는 지금 미칠 것 같다. 갑자기 전화벨이 울린다면 너무 당황하게 될지도 모른다. 전화기 너머 들려올 목소리에 긍정과 부정 중 하나의 선택적 감정이 담겨있을 것이고 나는 그것에 대한 어떤 답을 준비해야 할 텐데… 조금 전 나는 갤러리 속 여인의 사진 한 장에 놀라서 머릿속이 하얘졌고, 지금은 진짜 나의 여인, 내 아내의 전화를 놀란 가슴을 다독이며 미치도록 기다리고 있다.

1.

가게 문 앞에 그 여인이 등장했다. 태양이 뜨거운데 파라솔 아래가 아닌 그 곁에 여전히 그 여인이 서 있었다. 땡볕을 온몸으로 받고 땀으로 옷이 젖어도 여인은 가게 안으로 들어

와서 무엇을 산다거나 둘러보는 일은 없었다. 그저 매일 동네 사랑방 같은 나의 가게 앞에 내내 서서 무언가를 기다리고 있는 것 같기만 하다.

여인이 뭔가를 기다리는 내내 의자에 앉지 않는 건 혹시나 내가 밖을 내다보기 때문인가 싶기도 해서, 나는 일부러 시선을 피하곤 한다. 때때론 정리가 잘 되어서 건드릴 필요도 없는 물건을 다시 정리하기도 하며 딴청을 피우기도 해본다. 내가 내향적인 면도 있지만 그다지 누군가의 일에 간섭하기도 싫어하는 성향인지라 더더욱 그런 행동을 해오기도 한 것 같다. 누군가의 관심도 무관심도 싫다고 해야 할까?

사실상 그 여인이 기다리는 게 무엇인지가 중요하다거나, 그게 무엇인지를 내가 알아야 될 이유는 없다. 그냥 그런 거다. 어느 날 어느 순간부터인가 내 시야에 들어온 편치만은 않은 존재감. 불편함을 주지 않는 그 여인의 행동조차 명목상 따진다면 불편이라는 이유로 치부될 만한 그런 거 말이다. 어쨌든 나는 그 여인이 자꾸 눈에 거슬린다.

여인의 몸을 비스듬히 비껴서며 단골손님이 들어오고 있다. 손님은 내 시선에 맞춰 뒤를 돌아보며 말을 걸어온다.

"정신 놓고 뭘 보는 거야?"

"네? 아? 아네요."

"어제 진이네 가게에는 도둑이 들어서 아주 난장판이었다는데. 여긴 별일 없었어?"

"그래요? 몰랐네요. 뭐 훔쳐갔대요? 돈?"

"아니, 다행히 돈은 퇴근할 때 다 가지고 들어가서 뭐. 사탕이나 껌 같은, 뭐 그런 게 없어졌다나?"

"네? 사탕이요?"

"경찰이 와서 피해상황을 파악 중이니까, 다른 것도 나오겠지 뭐. 근데 사탕은 몇 봉지를 가지고 갔나 보더라고. 딱 보고 알 정도면 꽤 많은 양을 가져갔나 봐."

우리 가게는 제법 동이 많은 아파트 안에 자리하고 있어서인지 그런 일이 없는 편이지만 가끔 근처 작은 슈퍼에는 자리를 잠깐 비우는 사이나 딴 손님을 대하는 사이 도둑이 들기도 한다고 들었다. 하지만 사탕이라니? 도둑 취향이 아주 특별하다 싶다. 범인이 혹시 어린아이인가 싶은 생각이 드는 도둑질이 아닌가.

손님이 물건을 사고 나가는 끝자락마다에 자꾸 시선이 걸리는 저 여인에게 차라리 내가 배려해서 내놓은 그 의자에 앉아서 기다리라고 말하고 싶은 맘도 없잖아 있다. 하지만 나는 늙건 젊건 평소 여자라면 말문이 막히는 성격 탓에 낯선 여자라면 더더욱 말을 걸어볼 수도 없는 형편이다. 그러다 보니 소개팅만 가면 꼭 퇴짜를 맞는 나였다. 그런 내가 잘 모르는 누군가에게 말을 건넨다는 것은 있을 수 없는 일에 가깝다. 그 여인의 뒷모습만 봐도 나오려던 말은 목구멍을 맴돌다 입구를 봉해버리니 말문은 막혀버리고 입속에는 씹힌 글자들이 하루 종일 뱅뱅 맴돌고만 있는 것이다.

'앉으세요.'

라는 네 글자가 잇몸에 자꾸 걸려 입이 근질거린다. 시간은 계속 흐르고 여인은 망부석이나 다름없다. 사실 저 여인을 '여인'으로 표현하기에는 나이가 좀 많아 보이긴 하다. 여인이란 말보다 노인이라는 말이 더 어울린다고 볼 수 있다. 모자 아래 머리는 언제나 쪽이 져 있고 간간이 하얀 머리카락들은 바람에 흩날리곤 한다. 집이 어디인지는 모르겠지만 다음 날이면 멀쑥한 차림으로 또 나와 있는 걸 보면 적어도 집을 찾아가긴 하는 모양이다.

여인은 아니 그 할머니는 언제나 챙이 좁은 노란색 꼬마 모자를 쓰고 파라솔 같은 무지개 우산을 들고 다닌다. 모자에는 '우리누리 유치원'이라고 선명하게 새겨져 있다. 손주가 유치원생인 건지 유치원에 다닌 적이 있는지는 모를 일이지만 할머니의 무지개 우산은 비가 오는 날에도 펼쳐지지 않는다.

게다가 언제나 깔끔한 하얀 모시 한복 윗도리를 입고 오는데 정작 바지는 오래된 듯 통이 넓은 청바지다. 할머니의 머리는 잘 정돈된 서랍장마냥 옥비녀가 정갈하게 꽂힌 올림머리를 하고 있다. 시간을 잘 지키는 어느 철학자처럼, 할머니는 한 치의 오차도 없이 이곳에 와서 또 의자 옆에 서 있다. 어제도 그제도 오늘도 변함없이 딱 그렇게 서 있다.

그 시간은 오전 열한 시 오십 분. 열두 시에 누군가를 만날 것처럼, 그래서 십 분 전에 도착한 것처럼, 그렇게 반복되는 그녀의 방문은 내가 처음 이곳에 매장을 연 이후 계속되었다. 그때도 할머니의 시간과 서 있는 장소 그리고 그 옷까지 거의 지금과 똑같았다. 그때가 봄하고도 4월이었으니 지금이 10월인 걸 감안하면 어느새 6개월을 넘기고 있다. 낯선 그 여인, 그 할머니와 나와의 시공간은 유리창을 사이에 두고 그렇게 흐르고 있었던 것이다. 단 한 번도 마주치지 않은 존재들처럼.

얼마 전에야 알게 된 사실이 있다. 그것은 주변 사람들은 다들 알고 나만 몰랐던 사건에 관한 것이다. 그들이 말하길, 내가 매장을 열기 전에 이곳은 호떡집이었다는 것이다.

호떡을 팔던 가게는 작은 조립식 집이었는데 집이라기보단 낡고 조그만 컨테이너 박스 같은 곳이었다고 했다. 그런데 그 호떡집에 불이 나면서 이곳 땅 주인이 아예 새 건물을 지어 분양하게 된 것이라고 한다. 임대료도 못 내고 근근이 살아가던 호떡집 주인은 화재 사건 이후 사라졌다고 했다. 죽었다거나 미쳤다거나 다른 곳에서 호떡집을 한다더라 하는 불분명한 통신들이 사람 사이에서 잠시 떠돌아다녔다고 한다. 그뿐이었다. 그들이 말하는 사건의 스토리텔링은 그뿐이었다.

심지어 얼마 지나지도 않아 호떡집은 동네 사람들 기억에서 사라지고 없었다고 한다. 도로는 점점 복잡해져 갔고, 건물은 나날이 늘어갔으며 기억은 새로운 시간들로 채워지고 있었으니까. 호떡집이 있었던 자리 따위는 누구의 기억에도 필요한 자리를 차지할 게 못 되었다. 내가 있는 이곳은 그냥 처음부터 나의 자리였을 뿐이고 내 가게가 머물 공간이었을 뿐이다.

그래도 나는 주변 이웃들에게 그런 이야기를 들은 후부터 그 호떡집 주인에 대해 가끔 궁금할 때가 있었는데, 그게 아마 문 앞에 서 있는 그 할머니를 매일 보다 보니 드는 엉뚱한 상상 탓인 듯싶다. 어쨌든 나는 그 호떡집 주인은 화재 후 충격으로 미쳐버린 것으로 간주했다. 누가 그렇게 말한 적은 없다. 하지만 내 생각에는 그랬다. 충격으로 미쳐버린 그 호떡집 주인이 이곳을 떠나지 못하고 계속 찾아오게 되는 루틴을 갖게 되었을 거라는 신파 같은 상황이 반복적으로 일어나고 있다는 생각 말이다. 그러니까 그녀는 바로 호떡집 주인이라는 결론을 나는 정해 뒀다. 그녀가 아직 여기 오는 이유는 이곳을 맴돌며 자신이 머물렀던 기억을 찾아내려 애쓰는 것이라고.

2.

“사탕 드실래요?”

유리문을 뚫기라도 할 듯 일부러 크게 소리치는 아이의 목소리가 들린다. 여덟 살쯤 되어 보이는 소년이 할머니에게 사탕 하나를 내밀고 있다. 짧은 막대기에 달린 동그란 주황색 공 모양을 혀로 핥으며 소년은 똑같이 생긴 막대 사탕 하나를 왼손을 뻗어 할머니의 시야 안으로 들이밀고 있다. 할머니는 손을 내밀어 그 사탕을 받아들더니 바로 입으로 넣고는 웃어 보인다. 언제나 무표정한 얼굴로 늘 누군가를 기다리는 것 같던 그 할머니가 소년이 건넨 사탕에 웃고 있는 것이다. 웃음이 날 정도로 맛난 놈을 준 건지, 고맙다는 뜻인지 나는 할머니의 입꼬리가 스륵 올라가는 것을 분명 보고 있다.

하지만 그들은 내가 아는 한 모르는 사이가 확실하다. 서로 모르는 그 두 사람이 매일 이곳을 찾는다는 사실만이 내가 알고 있는 전부다. 매일 반복되는 일상처럼 그들은 모르는 사이인데도 어느새 아는 사이가 되어 있는 것 같다. 무슨 사이냐고 누군가 묻는다면 그저 사탕을 공유하는 사이랄까? 집으로 갈 길을 잃은 할머니와 집으로 들어갈 생각이 없는 소년의 동병상련을 사탕이 치료하고 있는지도 모를 일이다. 내가 의아하게 생각하는 것은 그런 그들이 왜 꼭 여기 이곳, 나에게 오는 것인가 하는 점이다. 내 가게는 그저 손님이 오가는 곳일 뿐 경찰서도 주민자치센터도 안내소도 아닌데 말이다.

언제부턴가 이곳은 그들의 쉼터가 되고 말았다. 사람들이 더위를 피해 올 만한 곳으로 내 가게를 택하는 일이 잦아지자 할머니와 아이를 위하는 마음 반, 주민들에게 홍보용으로 이용하자는 마음 반으로 나는 작은 파라솔과 하얀 플라스틱 간이 의자를 내어 두는 일을 루틴 삼아 해보기로 결심했다. 하루도 빠짐없이 나는 그 루틴을 따르고 있었지만 내 의도와 달리 그들은 결코 그 의자에 앉지 않았다. 그냥 그 파라솔과 의자 곁에 서 있을 뿐이었다.

비가 올 때도 햇볕이 강할 때도 그들은 비나 바람을 맞으며 그 자리에 서 있었다. 얼마 전에는 지나가던 자동차가 빗물을 세차게 치며 달리는 바람에 두 사람의 바지는 흙탕물이 묻어 얼룩덜룩해졌는데 소년이 할머니의 다리 쪽으로 자신의 두 무릎을 꿇고 내려앉더니 흙탕물을 제 손으로 털어내는 것이었다. 그런데도 할머니는 아무런 미동 없이 막대 사탕만 핥고 있었다. 이미 비가 그친 후라 들어오라 말하기에는 늦어버렸다는 생각에 아무런 행동도 취하지 않는 내가 잠시 부끄러워지는 순간이었다.

이내 몸을 일으킨 소년이 할머니의 얼굴을 보더니 비에 젖은 사탕에 혀를 내밀어 핥으며 웃어 보였다. 그러는 사이에도 몇몇 손님들이 물건을 사서 가고는 했지만, 가게로 들어서는 그 누구도 그 두 사람에게는 관심이 없었다. 매일 두부를 사러 오는 영희 엄마도 그들을 보지만 궁금해 하지는 않았다. 그저 소년을 어디서 본 적이 있는 것 같다고, 우리 아들 친구인가, 아님 같은 학원에 다니는 아이인가 언젠가 한 번 본 일 있는 애 같다고 혼자 중얼대며 계산을 할 뿐이다.

도둑이 들었다던 가게 주인이 우리 가게에 들렀을 때 한 말이 있었다.

"저 할머니, 알아?"

"아뇨. 모르는 분인데요."

"저 할머니 말이야. 치매인가 봐. 요전에도 총각이 가게 잠깐 봐 달라고 하고 집에 갔던 적 있잖아?"

"네."

"그때 총각 가게 앞에 내내 서 있다가 갑자기 나를 보고는 놀라서는 막 달아나더라고. 근데 조금 있다 어디 가서 다쳤는지 머리에는 피가 흐르는데, 아무 일도 없다는 듯이 다시 요 앞에 서 있는 거야. 사탕 하나를 들고 혀로 핥으면서. 난 요새 치매 노인 하나가 근처 요양원에서 도망쳐 나왔다기에 그 할머니가 그 사람인가 했다니깐."

"그런 일이 있었군요? 혹시 아이는 없었나요?"

"아이? 무슨 아이?"

"아녜요. 사탕이라고 하시니, 갑자기 아이 하나가 생각이 나서요."

"싱겁기는. 내 정신 좀 봐. 가게에 진이만 있는데… 이제 그만 가 볼게."

"네. 고맙습니다."

지금은 저리 멀쩡한 상태로 또 서 있으니, 온화하고 편안해 보이는 저 얼굴 속에 무슨 진실이 들어있는지 도무지 알 길이 없다. 지금은 사탕을 나눠 먹는 어린 친구가 있어서 참 다행이라는 생각이 들다가도 '나도 참 이게 무슨 오지랖인가' 싶은 탓에 내 머리통을 쥐어박고 싶기도 하다.

낯선 이들에 대한 이상한 호기심이 생긴 건 이번이 처음이었던 게 틀림없다. 알고 보면 누구에 대한 호기심도, 누군가가 내게 갖는 호기심도 모두 다 부담스러워 하는 내 성격 탓이다. 그런 내가 유독 그들을 바라보고 그들의 이야기에 끼고 싫어 하는 것 같으니, 분명 나는 내 자신이 낯설어지고 있는 중이다.

3.

어느 날인가는 호떡집 주인인 것 같다고 내가 말을 꺼낸 적이 있었다. 그때 진이 어머니가 밖을 내다보고는 단호하게 '아니'라고 했다. 그 할머니는 호떡집과는 전혀 관계가 없다는 것이었다. 호떡집 주인은 남자였고 아들 하나와 살고 있었다는데 요새 그 둘 다 보이지 않는다고 사람들이 말했다는 것이다.

불은 어떤 여자가 지른 것이라는 소문이 있었다는데 그것 또한 소문일 뿐 범인 같은 것은 애시 당초 없었다고 진이 어머니는 단정을 내렸다. 사람들마다 그 호떡집은 열악하기 짝이 없는 탓에 불이 난 것이 이상한 일도 아니라는 반응을 보였다는 것이다. '근처에 다른 호떡집이 신식으로 잘 꾸며졌더라.' 면서, 장사가 안 되니 시설 보강도 제대로 안 해서 불이 난 것뿐이라는 것이었다.

설령 그들의 말이 사실이더라도 그들을 안타까워하는 이가 아무도 없다는 게 신기할 정도였다. 심지어 그들의 얼굴조차 잘 기억이 나지 않는다며 호떡집이 얼마나 인기가 없었는지 오히려 흉을 보는 이들까지 있었다. 존재한 적 없었던 것처럼 그들은 동네 어느 누구에게도 기억되지 않는 존재였다.

문득 어릴 적 생각이 났다. 경기 불황에 실직하신 아버지가 할머니 댁에 잠시 나를 맡겨두고 가셨을 때였다. 학교가 끝나면 내가 매일 들르던 곳이 바로 할머니가 하시는 호떡집이었다. 처음엔 붕어빵을 파셨다는데 가져오는 재료값이 많이 들어서 나름 자체 개발한 재료를 가지고 붕어빵을 만들었더니, 손님이 뚝 끊기더라는 것이었다. 맛이 달라진 데다 근처에 붕어빵 집이 두 집 더 생겼기 때문이었다고 했다.

그래서 할머니는 내가 맡겨진 즈음부턴 호떡을 팔기 시작하셨다. 다른 메뉴라고 처음엔 사람들이 좀 찾더니 할머니께서 많이 앓은 뒤에 맛을 잘 못 느끼게 되면서 손님이 뚝 끊기고 말았다. 하는 일마다 벌이가 안 되다 보니 살림은 점점 힘들어졌다. 게다가 어린 나까지 돌보느라 힘에 부치다 보니 내 머리맡에 앉아 흐느끼는 할머니의 소리는 점점 잦아졌다.

나는 이래선 안 되겠다 싶어 할머니의 코와 혀가 되기로 생각을 다졌고 할머니께 졸라 호떡을 먼저 맛보게 해달라고 했다. 할머니의 반죽에 어떤 문제가 있는지 알아내면 될 것이라는 생각에서였다. 그 후로 많은 손님은 아니었지만, 반 친구들이 종종 엄마를 데리고 와선 호떡을 사주곤 했다. 가게 앞에 서 있는 저 할머니를 보고 있자니 돌아가신 할머니의 냄새가 문득 느껴지며 그리워진다. 아마 바로 거기에서 그들의 이야기에 관여하고픈 오지랖이 생겼는지도 모르겠다.

살살 내리는 비에 소년과 할머니의 옷에 살짝 물기가 어리고 있다. 방울방울 그림자 져가는 소년의 빨간 티셔츠 하얀 글자는 더 선명해지고 있다. HOLE. 구멍? 맞나? 구멍이라니, 어울리지 않는 것 같지만 생각해보면 꽤 어울리는 단어다. 그들은 정말 매일 누구도 찾을 수 없는 어느 구멍 속에서 나오는 것 같으니까 말이다. 가끔 램프 속에 살던 지니 요정처럼 나타났다가 사라질 것만 같다는 생각을 한 적도 있다.

할머니의 하얀 모시옷이 물기를 머금고는 몸에 살짝 달라붙어 있다. 손에 우산이 들려 있지만 둘 다 우산에 대해선 눈에 안 보이는 투명한 물건인양 관심도 없다. 사람들이 호떡집 사람들의 존재를 잊고 사는 것처럼 그들은 자신에게 주어진 혜택을 잊어버리고 서 있다. 잊어버린 것인지 무시하는 것인지 구분이 안 갈 정도로 그들은 그냥 그대로 비를 맞으며 거기 서 있다.

달콤한 사탕에 중독되어 아무것도 느끼지 못하는 사람들처럼 그렇게 그들은 사탕이 입에서 사라지고 막대만 남을 때쯤 사탕처럼 녹아 사라져 버린다. 내가 손님을 받는 사이사이 흘깃 밖을 내다보면 그들은 어느새 사라져버리고 없었으니까. 있었던 기억조차도 지워버릴 것처럼.

언제나 거기 서서 내 신경을 건드리는 그들이 귀찮으면서도 오히려 사라지고 나면 신경이 쓰이는 게 무슨 조홧속인지 나는 도통 모르겠다. 그런 내 자신이 많이 바보스럽다 생각하다가도, 같은 시간 같은 곳을 바라보며 어느새 나와는 상관도 없는 그들을 기다리고 있는 나 자신이나, 알다가도 모를 내 마음의 정체성에 대해선 그야말로 해석 불가다.

에어컨 공기에 답답해진 내가 잠시 가게 문을 여는데, 또 그 자리에 할머니가 서 있다. 할머니 곁에는 한 남자의 손을 끌며 소년이 애원하고 있다. 소년의 아버지인 게 틀림이 없다 싶다. 그 소년과 닮은 눈매를 가지고 있으니.

"그러지 마요. 기억 못 해도 우리가 기억하면 되잖아. 우리는 알잖아. 우리가 가족이란 거. 그러니까 제발……."

손에 상처라도 입었는지 붕대를 친친 감고 있는 남자의 얼굴은 낮술이라도 먹은 것처럼 유난히도 붉다. 남자는 애원하는 소년의 손을 뿌리치더니 바지 주머니에서 꺼낸 사탕 세 개와 오백 원짜리 동전 한 개를 소년의 바지 주머니에 넣어주고 있다. 그리곤 무심하게 뒤돌아서 가버린다. 돌아보지 않는 아버지의 축 처진 뒷모습을 소년은 시야에서 보이지 않을 때까지 바라만보고 있다.

더운 여름날이라 소년의 빨간 티셔츠는 땀으로 흠뻑 젖었고 눈가는 물기를 가득 머금은 상태다. 몇 달 만에 처음으로 소년이 우리 매장 안으로 들어오고 있다. 조용히 모퉁이를 돌더니 생수병 하나를 들고 와서 계산대에 올렸다. 오백 원을 주머니에서 꺼내는 소년에게 그것으론 안 된다고, 부족하다고, 말을 할 수가 없다. 오히려 거슬러 줄 돈이 없다는 사실이 미안하게 느껴지니 나도 나를 모르겠다.

"네. 저… 어… 오백 원입니다."

"네."

알고 있었다는 듯이 소년은 쓴웃음으로 답하며 주머니에서 꺼낸 오백 원을 내고는 매장을 나간다. 다시 파라솔 옆으로 가서는 사탕 하나와 생수병을 할머니에게 건네주고 있다. 할머니는 소년이 준 생수를 벌컥벌컥 마시더니 소년에게 병을 주고 사탕을 입 안에 넣어 오물거리고 있다. 소년도 남은 생수를 마시곤 휴지통에 버린 뒤 사탕을 입 안에 넣으며 웃어 보인다. 할머니도 뭐가 좋은지 입을 연신 오물거리며 소년을 보고 웃고 또 웃는다.

30도를 넘는 더운 날이라서 생수의 힘은 아주 잠깐의 휴식만 줄 뿐, 웃고 있는 그들의 입술 언저리에는 이마를 지나 콧등을 타고 내린 땀이 반짝거리며 흘러내리고 있다. 우습게도 가을이 오기만을 나는 나도 모르게 빌고 있다. 그들은 내 가족도, 알고 지낸 이웃도 아닌데… 그저 내 가게 앞을 쓸데없이 지키고 있는 이상하고 낯선 존재일 뿐인데.

소년의 사탕은 아빠가 주신 선물 같은 건가 싶다. 사탕의 달콤함이 그들을 웃게 하는 건지 서로를 바라보는 그들의 눈 속에 담긴 어떤 의미들이 달콤한 건지는 모르겠지만 그 사탕이란 것이 선물인 건 맞는 것 같다. 비에 젖은 시간을 보낼 때도, 땀이 흥건한 시간들을 보내는 순간에도 그렇게 행복하게 서로를 바라보고 있으니 말이다.

그들과 달리 나는 웃을 수가 없다. 이상하게도 그들에 대해 궁금해지기 시작한 때부터, 쓸모없는 놈 같이 느껴져서 허둥지둥 내가 뭘 해야 하나 싶고 가끔은 내 자신이 미워질 때도 있기 때문이다. 어떤 이유도 없이 그렇게 스스로를 자학하는 날은 내가 버겁다. 이유가 없는 미안함은 무섭도록 무거운 슬픔이 되어 짓누른다. 앓은 사람처럼 어느새 온몸 여기저기 성한 데가 없게 되어버리게.

4.

열두 시 정각. 온전한 하오가 시작되었다.

그날은 늦게 문을 열었다. 나름 시간을 잘 지키는 편인데 제삿집에 다녀온 탓인지 그만 늦잠을 자버렸기 때문이다. 문을 열자마자 버릇처럼 가게 밖 탁자에 가게 안에서 파라솔을 꺼내와 꽂고 하얀 플라스틱 의자 두 개를 꺼내 놓았다. 여름은 지났지만 아직 가을볕이 따가운 날이었다.

몸이 뻐근해 일부러 허리를 뒤로 살짝 젖혔다 다시 일으키는데, 눈앞으로 자전거 하나가 바람처럼 스쳐갔다. 소년의 얼굴이 문득 함께 사라져 간 것 같았다. 빨간 반팔 티셔츠가 분명 눈앞으로 다가오다 사라졌기 때문이었다. 얼굴이 선명하게 보이진 않았지만 H로 시작하는 하얀 글자가 선명하게 내 눈을 스친 것 같았다. 하지만 내가 아는 한, 그 녀석은 자전거를 탄 적이 없었다. 이상한 것은 자전거가 지나갈 때 바퀴라거나 자전거의 형태를 본 기억이 없다는 것이었다. 내가 자전거라고 생각하니까 마치 자전거가 생겨난 것처럼….

게다가 그 녀석이라면 이곳을 그냥 지나쳐 갈 리가 없었다. 그 녀석은 여기 있어야 하는 게 당연한 일이었으니까. 내가 무슨 생각을 하고 있는 건지 미친 거 아닌가 싶어, 나는 양 손바닥으로 두 뺨을 얼얼하게 때렸다. 정신 차려! 나를 위한 격려의 말을 스스로 하면서도 어느새 나는 오지 않는 그들을 바보처럼 기다리고 있는 것이었다.

그러고 보니 조금 늦게 문을 연 것뿐인데 그들이 오지 않고 있었다. 무슨 일이라도 있었나, 또 그 아빠란 사람이 애를 힘들게라도 했나, 할머니가 돌아가신 건 아니겠지, 수많은 생각이 덜컥 겁을 키우고 있었다. 모든 게 궁금해지기 시작한 나는 그들이 한 번도 앉은 적 없는 두 개의 의자를 물끄러미 바라보았다.

안개가 엷게 퍼진 도로 위 하늘을 바라보며 나는 그들이 결코 앉아본 적 없는 의자로 가서 앉아보았다. 가만 보니 네모 탁자 모서리에 붉은 것이 흩뿌려져 있었다. 설마 피? 잠시 눈을 의심해보았다. 무섭고 어두운 그림을 연상시키는 상상이 불현듯 밀려왔다. 어제는 시골 제사에 가느라 문을 열지 않았고 하루 사이 무슨 일이 있었는지 알 수 없는 탓에 더 그랬다. 나는 가게 안으로 들어와서 어제 녹화된 화면을 찾아보았다.

오전 열한 시 오십 분, 할머니와 소년이 늘 그랬듯 거기 서 있었다. 사탕을 꺼내려는 건지 주머니를 뒤지는데 사탕이 없나 보았다. 소년은 문 닫힌 가게 안을 물끄러미 바라보고 있었다. 그때 소년의 아버지가 갑자기 나타나 할머니의 손을 잡아

끌었다. 소년이 그 손을 뿌리치려 애쓰다가 다리 힘이 풀린 건지 휘청거렸다. 소년의 아버지가 갑자기 우리 가게 문을 자꾸만 두드리고 있더니 갑자기 무언가로 문손잡이 쪽을 만지작거리는 것 같았다. 소년이 말리는 것 같은데 소용이 없었다. 소년이 갑자기 힘이 빠진 모양으로 손을 늘어뜨리며 의자에 걸터앉았다. 처음으로 의자에 소년의 몸이 닿은 것이었다.

가게 문이 열리고 소년의 아버지가 사탕 몇 봉지를 들고 나와선 다시 문을 잠그는 것 같았다. 그가 진이네 가게 사탕 도둑이었던 걸까? 사탕 하나를 축 늘어진 소년의 입에 넣어주고 소년의 손에 몇 개를 또 쥐어주고 있었다. 소년이 일어서자 아버지는 두리번거리며 자리를 뜨고 있는 것 같았다. 사탕을 다 먹은 할머니와 소년도 가게 앞을 떠났다. 그 후로 별다른 상황은 보이지 않았다.

화면을 보며 놀라고 있는데 경찰복을 입은 사내가 문을 열고 들어서고 있었다.

“실례합니다.”

“네? 네.”

“몇 번을 왔습니다만 안 계셔서. 이제야 뵙네요. 혹시 가게 앞 CCTV를 볼 수 있을까요? 어제 사건의 전말을 파악하는 데 필요해서요.”

"네. 그렇잖아도 지금 제가 보고 있었어요."

"아, 사건에 대해 알고 계셨군요. 놀라셨겠네요. 아이는 아직 치료 중이고, 할머니는 방화범으로 경찰서에 계시고요."

"네? 사건이요? 그게 무슨?"

"아, 전 아시는 줄 알고. 저어 실례지만…… 화면 좀 보여주실 수 있을까요?"

"아, 네. 여기. 함께 보시죠."

나는 멈춰있던 정신을 가다듬고 심호흡을 한 뒤 다시 화면을 주시했다. 그런데 한참 시간이 지난 화면에 이상한 게 찍혔다. 가게 앞에 할머니가 서 있는데 손에는 작은 불빛의 물건이 들려 있었다. 그 시간은 할머니가 늘 오던 시간이 아니다. 생각지도 못한 어두운 밤 시간이었다.

밤 열한 시 오십 분. 평소대로라면 내가 아직 가게 문을 열고 있을 시간이었겠지만 어제는 그럴 수가 없던 상황이었기에 무척 당황스러웠다.

갑자기 나타난 소년의 아버지가 할머니의 불빛을 빼앗고 깨진 소주병 같은 것을 들고 할머니를 공격하고 있었다. 소년이 막아섰는데 그러다 그만 소년이 다친 것 같았다.

바닥에는 사탕이 한 무더기 흩어져 있고 탁자 쪽으로 넘어진 소년의 등에서 묽은 액체가 흐르고 있었다. 아버지는 바닥에 떨어진 사탕을 하나 집어 들고 소년의 입으로 넣어주며 소년을 껴안고 흔들고 있었다. 할머니는 바닥에 떨어진 사탕을 주워 껍질째 입에 마구 넣고 뱉고를 반복하고 있었다.

나는 기겁하며 거기서 화면을 멈추고 말았다.

"제가 없는 하루 사이 이런 일이 있었다니. 놀랍고 당황스럽네요."

"아들 말로는 어머니가 치매인데 시간을 착각하셔서 밤낮을 구분하지 못하신다더군요. 아들 가게에 불이 꺼지면 불안 증세를 보이셔서 요양원에 입원시켰는데 돈을 못 내니 거기서 쫓아냈다더라고요. 할머니가 밤에 와 보니 이미 호떡집은 불이 꺼졌고 치매 때문에 시간에 대한 강박증이 생긴 탓에 그만 불을 질러 버린 거죠. 어둡다고. 아들이 면회 가는 시간은 낮 열두 시였는데, 할머니가 착각하신 거죠. 어제도 할머니가 불을 지르려 했다고 아드님이 진술하셔서 그걸 확인해 보려고 이렇게 온 겁니다. 협조 감사합니다."

돌아서서 문을 여는 경찰관 뒤통수에 대고 나도 모르게 말이 새어나왔다.

"아이는요?"

"네?"

"그 녀석 상태가 어떤가요?"

"아? 그 아이요. 하오는 아직 치료 중인데 저혈당 쇼크까지 와서 회복이 어려울 수도 있다고 하네요."

"아, 네. 그 아이 이름이 하오였군요. 그렇군요. 많이 아팠군요."

"아이를 아시는 것 같아 말인데요, 병원에서 그 애 학교 선생님을 만났는데 아이 상장을 가져오셨더라고요. 아이가 할머니 손에서 자랐는데 갑자기 치매 때문에 헤어진 후 할머니와 만나는 짧은 시간에 대해 아쉬워하는 글을 쓴 적이 있다고요. '조금 이른'이라는 제목의 글이었다는데, 오늘 그 글이 대상 수상을 하는 날이었다고 하시네요."

친절한 경찰 덕분에 궁금증은 해소되었지만 나는 적잖이 당황스러웠다. 낯선 이들의 이야기가 이렇게 아픈데도, 하필 내 가게 앞이라는 혐오감이 공존하는 기묘한 내 마음을 도무지 이해하기 힘든 탓에.

순간 그런 복잡한 머릿속을 비집고 나온 것은, 그 소년이 한 말 한마디였다.

'기억 못 해도 우리가 기억하면 되잖아. 우리는 알잖아. 우리가 가족이란 거.'

5.

얼마 전 하얀 삼베옷에 많이 해진 청바지를 입고 하얀 머리를 쪽진 여인을 우연히 보았다. 늘 모자를 쓰고 있어 얼굴이 잘 기억나지 않는 그 할머니와 그 소년이 문득 떠올랐다. 길에서 우연히 만나도 알아볼 수 없는, 내 머릿속에는 남아 있지만 희미한 실루엣으로만 남은 그들의 모습. 내 눈 안에 머문 그들의 모습이 언제까지 기억이란 이름으로 내 안에 존재하고 있을진 잘 모르겠다. 다만 아직까지는 그들에 대해 조금의 미안함이 남은 내게 작은 면죄부가 필요한 건 어쩔 수 없는 일이다.

그 사건 이후 나는 하루도 가게 문을 닫지 않는다. 내 일과의 시작은 아직 오지 않는 그들을 위해 여전히 파라솔과 의자 두 개를 내어 놓는 일이다. 그리고 탁자 위에 막대 사탕을 매일 두 개씩 비치해 둔다. 할머니가 두고 간 노란 꼬마 모자와 파라솔 같은 무지개 우산까지도.

그것은 누구를 위한 일이 결코 아니다. 그 누가 아닌 온전히 나를 위한 위로가 되게 하려고 나는 매일 같은 일을 반복한다. 습관처럼 하다가도 조용히 잊혀져버릴지도 모를 기다림의 일. 나를 위한 의미가 있는 일이지만 아이러니하게도 무의미한 그 일을….

가게 안으로 들어와선 울리지 않는 휴대폰만 조바심 내며 바라본다. 낯설고도 낯익은 그 여인의 사진을 넘기고 나의 서툰 가죽공예 작품에 시선이 멈췄던 나는 정신을 가다듬고 급히 다른 사진을 검색하는데 자꾸만 원하지 않는 사진들에 손가락이 멈춘다. 정신없이 또 몇 장의 사진을 넘기다 보니 진동으로 떨리는 무음의 벨이 울리고 있다. 순간 사진들은 손가락의 빠른 이동과 함께 시야에서 확 달아난다. 동시에 바로 시야에 들어온 그것은 오전 내내 기다리던 아내의 전화번호였다.

내가 가게 문을 닫을 수 없다 보니, 어쩔 수 없이 장모님과 병원에 보낸 아내에게서 온 것이었다. 떨리는 마음으로 전화를 받는다. 아내의 목소리 역시 흥분 상태다. 얼마나 기다린 순간이었던가. 나의 그리고 너의 아이. 그것은 곧 내가 아빠가 될 거라는 소식이었다. 내가 바라던 '가족'의 모습. 또 한 명의 소중한 사람이 이 세상에서 가장 완전한 이름인 '가족'으로 초대된 날이다. 이 전화 한 통이 나를 순간 세상에서 가장 행복한 사람으로 만들어주고 있다. 누구든 살아가는 데엔 이유가 있겠지만 나는 오늘 가장 아름다운 이유 하나를 얻었다. 이제 그 아름다운 이유를 온전히 내 삶에 뿌리내릴 일만 남았다. 그것은 누구의 몫도 아닌 바로 내 몫의 삶의 퍼즐 조각이다.

흥분한 채 전화를 끊은 나는 가슴을 쓸어내리며 밖을 내다본다. 막대 사탕 두 개가 아직 탁자 위에 놓여 있다. 그리고 노란색 꼬마 모자와 파라솔 같은 무지개 우산까지도. 마침 자전거를 탄 소년이 바람처럼 눈앞을 스쳐 지난다. 아무도 모르는 구멍 속으로 빨려 들어가 버릴 것처럼 소년은 눈앞에서 빠른 속도를 내며 사라져버린다.

나는 구멍에서 영원히 돌아오지 못할지도 모를 그들을 꽤 오래 기다린 것 같다. 어쩌면 이제는 기다리는 일을 끝내야 할지도 모르겠다. 정한 적도 정해준 적도 없는 인연, 그리고 나도 모르게 시작된 기다림, 그것의 유효기간은 내가 정하고 내가 연장하지 않으면 그만인 것이니까.

나는 뒷모습만 남은 그 여인, 그 할머니의 사진에 손가락을 대고 삭제버튼을 누른다. 이제 그들을 보내줘야 할 시간인 것 같다. 이른 하오로 기억된 그들의 시간이 아니라 정오를 넘기며 시작될 나의 시간으로 가기 위해 지금껏 블루를 닮았던 나의 시간은 이제 잘 길들여진 가죽으로 가공될 일만 남았다.

물빛 굽이 숨 쉬는 소리 들으며

오늘보다 아프지 않는 법을 배운다

- 문혜영 시 '파도' 중에서

카노푸스

"그때는 몰랐다.

내게 그 집은

냄비보다 뜨겁고 숨이 막히는

좁은 세계였음을"

추운 봄날이다.

이른 아침의 공기가 자꾸만 어깨를 움츠러들게 한다. 냉장고를 열면 뿜어져 나오는 찬 기운이 거리를 따라 흐르고 있다. 몸이 젖어 춥기는 하지만 약속한 장소로 가야 하니 어쩔 수가 없다. 장례식장 이름이… 뭐였지?

정류장이 보인다. 버스노선표를 보면 기억이 날 것이다. 플라스틱 유리 상자 같은 정류장에 들어섰다. 그런데 이 정류장에서는 장애인을 위한 안내멘트가 들리지 않는다. 분명 이쯤에 그런 안내멘트가 들리는 정류장이 새로 생겼는데… 잎… 장례식장?

그런데 아무리 봐도 버스노선엔 그런 이름이 없다. 주머니에서 전화기를 꺼내 다시 걸어보지만 여전히 녀석의 전화기는 꺼져있다. 게다가 소호의 번호는 저장되어 있지도 않아 내 기억에 의존할 수밖에 없다. 하얀 그랜저가 갑자기 물을 튀기며 지나간다. 하얀 셔츠도 검은색 정장바지도 온통 진흙투성이다. 기억과 옷과 진흙이 뒤범벅이 된 채 나는 어쩔 수 없이 서 있다.

"엄마가 또 화내겠네. 칠칠치 못하게 왜 못 피했냐고. 당하기 싫으면 피하는 게 상책이랬는데."

소호 녀석한테 한 대 맞고 코피 흘리고 오면 나는 엄마 몰래 그걸 빠느라 낑낑댔지. 따뜻한 물이면 잘 지워질 것 같아 주전자에 물까지 데워선 세제를 티셔츠에 비벼 문질렀지. 피라는 것이 더운 물에 응고되는 줄도 모르고… 비밀이길 바라는 마음이 클수록 비밀이 보장되지 않는 현실이 지금 다시 내게 닥쳤다. 내가 손을 댈 때마다 흰 셔츠는 흙빛이 되고 있으니.

"다시 만나면 우리 커피 한잔해요."

옆에 서있던 금발머리 여자가 말을 걸어온다. 아는 여자인가? 하얀 이를 드러내고 웃으며 건네는 인사가 부담스러운 나는 아무 대답도 하지 않는다. 여자도 벌렸던 입술을 살짝 씹는 듯하더니 입을 닫는다. 서로의 어색한 침묵이 빗소리에 묻혀

간다.

그리 긴 시간은 아니었지만 어색한 침묵이 무거워졌는지 아직 그치지 않은 소나기에도 먼저 가야겠다는 듯 금발의 여자가 먼저 발을 뗀다. 여자의 발걸음이 탁탁거리며 갑자기 빨라지더니 빗속으로 사라지는 그 목소리만이 내 귓가를 맴돈다.

"갈게요."

나는 어느새 자신도 모르게 누구인지도 모르는 금발의 여자를 바라보며 익숙한 듯 대답을 하고 있다.

"네. 잘 가요."

비에 젖은 여자의 금발이 시야에서 사라져간다.

1.

칼 대신 가위가 편한 나는 찌개에 넣을 요량으로 이미 잘린 고기들을 다시 가위로 오린다. 물렁뼈까지 잘 잘리는 것이 여느 칼보다 독하지 않은가. 고독까지 잘라내는 숙련된 솜씨로 또 한번 두툼한 살점과 비계를 등분한다.

등짝이 축축하다. 분명 가위질만큼 흘러내리는 땀 때문이다. 고개를 수그린 탓에 코끝에 매달린 안경엔 콧김이 서렸다. 안개처럼 뿌연 시야를 가로지르던 너의 눈망울이 그립다. 하지만 보려고 할수록 보이지 않는 건 낯설어진 너의 눈빛 탓만은 아니라 위로해 본다.

붉은 핏물이 하얀 도마 끝자락으로 주르르 흘러내린다. 순식간에 식탁 가장자리를 타고 발등으로 떨어진다. 고기를 자르다 말고 나는 소독해서 잘 말려둔 하얀 면 행주를 싱크대 두 번째 서랍 칸에서 꺼낸다. 그것으로 식탁을 한 번 훔치자 행주는 금세 붉게 물들어 간다. 선홍빛 물기가 바람에 하늘거리던 너의 치마 끝자락을 닮았다.

뒤에 있는 싱크대로 바로 돌아가 샤워기를 닮은 수도꼭지를 들어 올린다. 처진 분수처럼 흩어지는 물살 사이로 나는 행주를 흔들어댄다. 조금씩 물살에 제 속살을 보여 버리는 하얀 행주를 두 손으로 꼭 돌려 바짝 짜낸다. 꽈배기처럼 꼬아진 행주를 탁탁 털어 싱크대 밑면에 나사못으로 고정된 선반에 살짝 걸어둔다. 조금 열려있는 다용도실 창문 틈으로 바람이 살랑 불어온다.

시간은 가끔 바람처럼 기억을 흔들어댄다. 누가 먼저였는지 모르게 익숙해지던 우리들의 시간들은 살아오는 내내 너와 나를 흔들고 붙잡았다. 무엇이 우리를 힘들게 했던 것일까? 의

문투성이의 마음으로 때론 되돌아보지만 어쩌면 아무것도 아닌 것이었을지도 모르겠다. 자를 수도 없고 자른다 한들 다시 원래 모양과 닮아가기는커녕 점점 그 모양이 깨어지는 탓일 것이다.

그래, 어쩌면 흔들리는 것은 바람 때문이 아니라 내 이기심으로 얼룩진 몸부림 때문이었을지도 모른다. 비가 내리지 않는다던 그날의 일기예보는 너를 위해 그리고 나를 위해 비난받을 수밖에 없던 오보였음을, 이미 너를 만날 운명이었음을 나는 알고 있었던 것 같다.

"안녕하셨어요?"

내 눈과 마주친 너의 볼은 정육점 불빛처럼 발갰다. 얼굴은 낯설지만 목소리가 귀에 익었다. 아직 철거되지 않은 빈집의 처마로 주문이라도 들은 양 거의 동시에 빨려들어 온 너와 나. 흠뻑 젖은 얇은 선홍빛 원피스 안에 살며시 비치는 속살이 수줍은 너는 한껏 두 어깨를 오므려 작은 새처럼 웅크리고 있었다. 정류장에 315번 버스가 다가오고 있었다. 아직 그치지 않은 소나기에 너의 발걸음이 갑자기 빨라지고 있다는 걸 느꼈을 때 빗속으로 사라져 가는 너의 목소리만이 내 귓가를 맴돌고 있었다.

“그럼 조만간 찾아뵐게요.”

너의 어깨 위에 빗방울이 튕길 때마다 내 머릿속은 온통 너의 목소리를 재생시키고 있었다.

“안녕하셨어요? 한울 씨. 문 좀 열어주실래요? 어머니. 한울 씨.”

그리고 그랬지.

“조만간 찾아뵐게요.”

라고.

한울. 그건 내 이름이지. 너를 기억하는 단 한 사람이어야 할 그런 이유로 나는 너를 새기고 또 새기고 있었으니까. 315번 버스가 너를 데려가고도 비는 그치지 않고 있었다. 나는 귀에 익은 너의 목소리를 찾기 위해 얼마나 많은 버스를 기다리고 있었을까. 또 너의 방문을 얼마나 기다리고 있었을까. 심장의 낯선 떨림이 너를 만난 시간들을 순서 없이 뒤섞고 있었다.

연누색 플라스틱 재반에는 씻거서 질 펼쳐놓은 대파와 껍질 안 속살까지 자줏빛을 띤 양파 한 개 그리고 쪽마늘 세 쪽이 있다. 햇양파라서 그런지 제법 매운 향을 풍기는데 그 동그란 것을 나는 또 가위를 들어 자르고 싶어진다. 하지만 동그란 모양의 세상은 두 개의 날보다 한 개의 날로 쉽게 으깨어지는 법이다. 어쩔 수 없이 나는 몇 종류의 칼이 들어있는 칼꽂이에서 과도를 꺼낸다. 자색의 동그란 양파를 과도로 두 토막을 낸다.

두 개의 봉우리가 된 양파를 도마 위에 눕히고 나는 흔들리는 손목을 다잡아 그것을 얇게 가르기 시작한다. 겹쳐서 쌓여가는 양파 속 양파들은 작은 도마의 끝까지 밀려가고 있다. 울퉁불퉁하게 썰린 양파의 편린들을 꽃무늬 접시에 꽃처럼 펼쳐놓는다. 그 짧은 칼질은 거기서 끝이다. 칼을 든 오른손이 갑자기 저려오기 때문이다. 왼손으로 오른쪽 손목을 둘러 힘을 보태지만 소용이 없다. 깊게 숨을 내쉬고 나는 천천히 식탁의 자의 끝에 걸친 엉덩이를 다시 들어 허리를 펴본다. 허리는 굽혀놓은 활처럼 구부정한 것 같다. 다시 그것을 펴는 시간이 이리 오래인 것을 보니 말이다.

숨을 내쉴 때마다 여름의 문턱이 가까워졌음이 느껴지는 오후다. 바람도 어느새 더워지기 시작했다. 방금 썰어놓은 양파가 벌써 제 몸과 몸 사이를 꼭 붙여 놓았다. 양푼에 담아놓은 고기들도 조금씩 붉은 기를 흘려 놓는다. 붙잡지 못할 시간 안에 모든 것은 처음으로 돌아갈 길이 없다. 하지만 누구도 처음부터 그러길 원한 건 아니었을 것이다. 지금 이 순간, 익숙해야 할 너의 목소리가 아직까지도 낯설다는, 그 사실 역시도 나는 결코 바란 적 없으니…….

"커피랑 김치 가져왔어요. 한울 씨. 냉장고에 두고 갈까요."

언제나 나는 말하고 싶었다. 제발 나를 동정하지 말라고.

"나 이거 무거웠는데. 나오지 않을 거예요?"

내가 결국 그 동정을 사랑으로 받아들일지 모른다고. 당신이 좋아지면 내가 너무 미안해질까 봐 더 이상 나를 보면 안 되는 거라고.

"에이, 한울 씨 너무하네. 그럼 저 가요. 다음에 뵈어요."

그때 매몰차게 말해야 했다. 그러니 제발 오지 말라고.

너의 목소리는 가늘지만 카랑카랑했다. 너는 늘 웃고 있을 것이고 늘 용감했을 것이라 나는 상상하곤 했다. 욕실에서 어머니와 나누던 대화만 들어도 나는 너를 알 수 있었다. 점점 여위어가는 어머니를 업고 목욕탕에 앉히는 건 내 몫이었지만 바싹 말라가는 어머니의 사막 같은 몸을 적셔주고 씻겨주는 사람은 내가 아니라 너였다. 하지만 어머니 말고는 다른 여자를 맞은 적 없는 나는 차마 너의 얼굴도 그 눈도 마주치기가 겁이 났다. 목욕이 끝나면 욕실 문이 열리는 소리 그리고 바로 너의 그 목소리가 들려왔다.

"한울 씨, 어머님 목욕 끝났어요."

나는 그 소리에 고개를 수그린 채 얼른 욕실 안으로 들어가 어머니를 들쳐 안고 나왔다. 어머니와 내가 나오는 동안 너는 빠른 손놀림으로 욕실을 치우고 나오고 있었다. 뭐가 그리 급한지 너는 또 바로 부엌으로 가서 식사 준비를 하고 있었다. 너는 그 작은 손으로 들고 온 분홍색 보퉁이 하나를 풀고 밑반찬 몇 개를 꺼내들고 있는 것이었다. 어머니가 잠들자마자 거실로 나온 나는 부엌 근처로 다가가는 발소리를 숨기며 너의 그 작고 하얀 손을 몰래 훔쳐보고 있었다.

"한울 씨, 어머님이 그러시더군요. 한울 씨가 조개 미역국을 좋아한다고. 그래서 미역을 미리 담가 놓았다가 씻어서 갖고 왔어요. 조금만 기다려요. 금방 생일상 차려 드릴게요."

하얀 도마 위에 검푸른 미역 잎들을 늘어놓고 칼질을 하고 있는 너의 손가락은 부드러운 연주를 하는 것 같았다. 하프의 줄을 부드럽게 튕겨보는 매혹적인 손끝. 나는 그날 세상에서 가장 아름다운 너의 손을 훔쳐보는 일로 하루를 마무리했던 것 같다. 오랜만에 느끼는 행복한 생일이었다.

오래된 듯 바이어스조차 너덜해진 앞치마에 젖은 손바닥을 비벼대자 꽃무늬들이 손등을 감싸 돈다. 기억의 잔뼈들이

부식된 듯 푸석해진 양파 껍질을 치웠더니 그나마 사방이 정돈된다. 오롯이 내게 주어진 찌개를 끓일 시간은 이제 다 되어간다. 가위를 쥐었던 손이 가시가 돋친 듯 따갑다. 엄지와 검지 사이에 붉게 홈이 패였다. 얼마 남지 않은 시한부의 삶처럼 손가락뼈들조차 말을 듣지 않는다. 마치 처음부터 내 것이 아니었던 것처럼.

투명한 시간. 사람과 사람 사이에서 아무것도 약속되지 않은 나의 느낌 따라 흘러가는 때. 시곗바늘이 정하지 않은 나의 과거도 미래도 아닌 현재의 바로 이 순간. 내가 너의 작은 손이 되고 어머니의 굵은 손마디도 되는, 젖은 행주처럼 바람을 따라 휘 흘러버리는 순간. 이제는 그 순간조차 버거운 나는 2인용 식탁 위에 남겨진 가위를 바라만 본다.

"아무리 힘들어도 그건 아니지요. 가위는 보이는 걸 자르라고 있는 거지 보이지도 않는 운명을 재단하라고 있는 건 아니라고요. 한울 씨가 그러면 어머니는 슬퍼하실 거예요. 저도 알아요. 사랑하는 사람을 잃는다는 게 얼마나 큰 고통인지. 하지만 그래도 이렇게 살아가고 있잖아요. 가위 이리 줘요. 어서요."

하얀 손가락 끝에 빨간 매니큐어가 먹음직스럽다는 생각

이 스치는 건 왜일까? 너에겐 달콤한 향기가 나곤 했다. 쇠 냄새가 진동하는 가위 따위로 너의 향기를 퇴색시켜선 안 되는 일이기에 나는 쉽게 그것을 내어줄 수 없었다. 하지만 너의 손길이 다가올수록 나는 손이 말을 듣지 않고 맥이 풀림을 느꼈다. 바로 너의 손이 내 손목을 붙잡았고 그 순간 가위는 너의 손길을 따라 2인용 식탁의 한가운데로 내려앉았다. 사실 너는 몰랐겠지만 나는 처음부터 너의 말에 귀를 기울이고 있었던 것이었다.

채반에서 약간 싹이 나있는 늙은 마늘을 꺼낸다. 조그마한 마늘 세 쪽은 이 손으로는 도저히 썰 길이 없다. 나는 들었던 마늘을 다시 제자리에 내려놓는다. 다시 힘들지 않게 손가락에 힘을 줘서 쥐어본다. 그리곤 이내 조물조물 움직여본다. 그나마 칼보다 가벼워서 쓸 만했던 가위조차 잡을 수 없게 될까 두렵다. 나는 옆으로 비껴두었던 과도의 머리 쪽을 마늘로 꽂아 비비듯 그것을 으깨본다. 꽤 말라 물기조차 없을 것 같던 마늘에서 진액이 살짝 흐른다. 오래된 도마의 칼자국을 따라 진한 마늘 향이 홈을 파고든다. 마늘이 하나씩 으깨질 때마다 아직도 어머니의 매운 신음 소리가 들려오는 것 같다.

밤새 들리던 신음 소리가 멈추면 갑자기 어머니 방으로 뛰어 들어가 어머니의 코와 입에 귀를 대보곤 했다. 따뜻한 숨소리가 들리면 그제야 나는 안방 문을 조심스레 닫고 도로 내 방으로 돌아가곤 했다. 누군가의 고통의 소리가 때론 누군가에겐 희망의 노래가 되기도 함을 나는 그 사이 습관처럼 익히고 있었는지도 모르겠다. 밤새 비가 내렸다. 빗소리 따라 끙끙대는 어머니의 신음 소리가 끝없이 들려 왔다. 빗소리와 엇박자로 흐르는 어머니의 삶의 비명. 나는 그 소리를 자장가 삼아 그 곁에서 잠이 들었다.

비가 그쳤는지 사방이 고요한 새벽. 나는 또 한번 덜컥 겁이 났다. 어머니의 소리도 멈춰있기 때문이었다. 어머니의 얼굴에 내 얼굴을 갖다 대어 보았다. 숨소리가 들리지 않았다. 얼굴을 거쳐 가슴 쪽으로 오른쪽 귀를 끌어내려 보았다. 아무런 소리도 들리지 않았다. 몸을 일으켜 어머니의 감은 눈을 보며 손을 살짝 잡아 보았다. 손바닥조차 차갑게 바닥으로 미끄러져 떨어졌다. 눈물이 나지 않았다. 무얼 해야 하는지 알 수 없었다. 고요한 새벽 안에 더 고요한 어머니의 미소가 나를 아무것도 모르도록 하고 있었다. 다시 빗소리가 들려왔다. 창문의 결을 따라 촘촘하게 빗줄기가 흐르고 있었다. 하지만 어머니의 신음 소리는 다시 들리지 않았다. 다만 나의 신음 소리만이 누군가의 귀에는 들릴지도 모를 일이었다.

"아이 때문에 결혼했지만 그 아이가 유산되면서 결국 나는 그들에게 버림받았지요. 나에 비해 어머닌 행복한 거예요. 남편에겐 버림받았지만 한울 씨는 어머니밖에 모르잖아요. 난 한울 씨가 좋은데 한울 씬 내가 싫은가 봐요. 자꾸 날 피하네요."

"아냐. 좋아하는 사람이라 더 부끄러워 그래."

어머니의 목소리가 너의 목소리와 겹쳐 들려 왔다. 내 신음과 울음 속으로 어머니와 너의 뒷모습이 자꾸 내려앉더니 이내 빗물처럼 또르르 굴러 미끄러지고 있었다.

나는 채반에 담긴 나머지 채소들을 모아 하얀 사기그릇에 옮겨 담는다. 음식을 조리하기엔 턱없이 좁은 주방 탓에 재료들을 다듬는 공간으로 식탁은 요긴한 놈이다. 친구나 친지가 없어 손님맞이에 서툰 내게 식탁은 2인용이 제격이다. 두 사람의 영혼을 지켜줄 2인용 식탁. 재료를 손질하고 차를 끓여 마시고 때로는 식빵을 굽고 따뜻한 밥도 차리는 고 녀석. 2인용 식탁은 너와 나의 하루를 무던히 책임지는 멋진 녀석이었다. 하지만 지금은 나 혼자 음식을 만들고 있다.

적절히 잘 오려낸 고기들은 참기름을 살짝 두른 냄비 한가운데에서 지글지글 볶아질 것이고 나는 잠시 후 수도꼭지를 들어 물 한 컵을 받아낼 것이다. 지글거리는 뜨거운 고기를 식힐 준비가 필요할 테니까. 아니지. 더 깊은 맛을 내도록 그것의 숨겨진 속살에서 흘러내릴 고약한 교태를 감출 김치를 마늘과 함께 볶아내는 게 먼저겠다.

고기를 가두는 방법은 고기에게 물을 듬뿍 주어 제 몸을 부풀게 하는 방법이 있겠다. 부풀어버린 후에는 비좁은 냄비를 쉽게 빠져나갈 순 없을 테니까. 나도 그랬어야 했다. 최선의 방어는 나를 무겁게 해서 코끼리 네 발처럼 딱 버티는 것이 아니겠는가. 그런데 그때는 몰랐다. 내게 그 집은 냄비보다 뜨겁고 숨이 막히는 좁은 세계였음을.

하얀 도마의 끝을 들어 올려 마늘을 냄비 속으로 쭈르르 흘려보낸다. 손끝에선 마늘 향이 진동한다. 대파의 긴 꼬리 끝에는 말라비틀어진 누런 생채기가 있다. 나는 대파의 푸른 잎과 허연 몸을 훑어 생채기진 낡은 진실을 한 꺼풀 벗겨낸다. 손톱에 패인 흔적을 따라 투명한 점액이 달라붙는다. 그 느낌은 흡사 민달팽이의 몸이 지나간 자리만큼 끈적이고도 미끌미끌하다.

나는 잠시 쉬고 있던 가위를 든다. 하얀 몸부터 푸른 잎까지 조각조각 썰어내니 채반 가득 잎사귀들이 흩어진다. 미리 떠놓은 물이 든 작은 양푼에 냉장고에서 꺼내온 묵은지를 좌우로 흔들어 소를 털어낸다. 소를 품은 물이 주황빛으로 조금씩 변해간다. 물길 속으로 오래 묵은 소들이 흩어져 가고 나는 축 처진 배춧잎을 들고서 있는 힘껏 두 손으로 꼭 짜내본다.

빈껍데기가 되어 과거를 비운 묵은지의 시간은 결국 지금 이 순간부터 시작인걸. 고기 위로 켜켜이 쌓인 묵은지의 줄기를 잡아 그 역시 가위로 비스듬하게 오려본다. 처음 그녀가 그랬던 것처럼 나는 묵은지에 양념을 덧대어 놓는다. 고기 위로 청주를 조금 뿌리고 굵은 소금 조금에 빨간 고춧가루, 신맛을 잡는 달콤한 설탕까지 어우러진 양념을 냄비 속 재료들 위로 뿌려 놓아 비벼대기까지는 그리 오래 걸리지는 않겠다.

김치찌개가 끓여지는 동안 나는 그 향을 음미하며 익어가는 돼지의 살점과 고춧가루가 어우러져 다시 붉어져가는 김치의 변신을 기다리기만 하면 된다. 너와의 첫 식사 시간은 다시 돌아오지 않겠지만 내 기억 속 너는 언제나 처음처럼 낯설다. 그러니 나는 아직 너를 기다리고 있겠다. 귓가를 맴도는 가위질 소리. 어머니의 낡은 가위를 절연테이프를 들어 붕대처럼 감고 또 감는 너의 손가락들. 보글거리는 김치찌개 냄새까지도.

"큰 병원으로 가보시는 게 좋겠네요. 제가 처방한 약이 효과가 없는 걸 보니."

"괜찮아요. 칼 대신 가위라도 쓰면 돼요."

너는 늘 그랬듯이 그렇게 말하고 싶었을 것이다. 하지만 파리해진 입술, 점점 야위어가는 손발, 너의 얼굴조차 너의 언어를 표현하기를 거부하고 있었다. 너의 언어 중 내게 들리는 말은 '가'밖에 없지만 나는 너에게 눈을 마주치고 고개를 끄덕여 보였다.

힘겨워 보이는 너의 팔을 들어 내 어깨에 두르고야 나는 몸을 일으킬 수 있었다. 김 내과의 문을 열고 나오는데 바람이 너의 작은 볼을 두드렸다. 나는 네 온몸을 있는 힘껏 껴안아 어머니가 쓰던 휠체어로 옮겼다. 너무 가벼웠다. 바람 타고 날아가 버릴 것 같은 네가 너무 가벼운 탓에 오히려 나는 미칠 것만치 아프고 무거웠다.

"찌개를 해주고 싶은데 힘이 너무 없어요."

너의 말 중 '찌'만 들렸지만 너의 입술이 그렇게 말하고 싶어 한다는 걸 나는 이미 알고 있었다.

찌개. 너는 우리의 신혼 첫날, 동네 마트에 들러 재료를 사고 어머니의 죽음 이후 잊혀 있던 묵은 김치를 꺼내 김치찌개를 끓여 주었다. 김치찌개 냄새로 시작된 우리의 시작은 칼칼

하고도 달콤한 웃음으로 가득했었다. 그런 너의 웃음소리가 희미해지고, 너의 몸이 야위어가고 있을 때도 알아차리지 못했다. 바보 같은 사내… 서서히 너를 잃어가고 있음을 나는 왜 알지 못했을까.

2인용 식탁에 앉아 오래된 어머니의 가위를 들어 이가 부실한 나를 위해 고기를 잘게 자르던 너. 찌개를 끓일 냄비를 들려다 손을 놓쳤을 때도 나는 그냥 쉬어야 한다며 너를 안고 이부자리에 몸을 눕힐 뿐이었다. 고개를 기울여 너의 얼굴에 내 코를 대고 귀를 끌어내려 그대로 네 왼쪽 가슴에 바짝 대면서도 나는 알지 못했다. 아니, 사실은 잊고 있었다.

"난 괜찮아요. 한울 씨."

나는 너의 말만 믿는 바보라는 걸. 신음 소리를 내는 너의 고통이 내 귀에는 쉽게 들리지 않을 것이라는 걸. 너의 몸을 씻기고 너를 무릎에 앉혀 밥을 먹이는 일이 익숙해질수록 2인용 식탁에는 더 이상 두 사람의 영혼이 함께할 수 없다는 슬픔도 나는 잘 알지 못했다. 하지만 너의 입이 자물쇠처럼 채워져 가자 나는 지쳐갔고 너는 나날이 낯설어갔다. 너의 목소리도 아주 오랫동안 들리지 않았다. 가위를 동여맨 테이프가 느슨해질 때쯤 나는 빨간 나일론 끈을 그 위에 감아 돌리며 허망한 너의 눈을 보고 말았다. 더 이상 너는 내가 알던 네가 아니었다.

가스의 코크를 돌려 열고 가스레인지의 버튼을 누르는 순간 황금빛 양은 냄비를 푸른 불빛이 감싸게 될 것이다. 손가락으로 양념이 배어들고 있다. 고기와 김치가 엉겨 손가락 양념과 하나가 된다. 이제 자박하게 물을 채울 일만 남았다. 언제나 낯선 기억들이 반복되는 이 집에서 나는 마지막 찌개를 끓이려 하고 있다.

"미안해. 어쩔 수가 없어."

가위를 든다. 내가 기억해온 너의 모습을 잃은 낯선 네 곁으로 간다. 낡은 가위의 날 위로 고된 날들이 몰려든다. 이미 낯설어진 너는 주름진 눈가를 잠시 깜빡이며 무언가 말을 하려 한다. 너의 볼 위로 눈물이 흐른다. 낯선 여자가 되어버린 너를 향해 가위를 들고 다가가자 너는 눈망울을 떨어뜨릴 듯 온 얼굴의 근육을 비틀어 짜낸다.

"하…누…씨. 고…마…우…어."

언어는 낯설지만 귀에 익은 너의 목소리가 아주 작게 혀의 진동을 타고 흘러나온다. 나는 다시 한번 너를 애써 찾아본다. '내가 더 사랑한다'며 살짝 오른쪽 눈을 찡긋대던 너의 미소를, 가늘고도 까랑까랑했던 그 용감하고도 고운 목소리를, 어머니를 닮은 미소로 내게 믹스커피를 건네주던 그 달달한 상냥함을, 특별한 김치찌개를 준비했다며 눈을 맞추던 그 설렘의 순간을, 나를 바라보던 슬프고도 행복한 눈물 어린 그 시간들을, 너의 모든 걸 운명이라 받아들인 나에게 '늘 고마운 한울 씨'라 불러주던 그 사랑의 속삭임까지. 아직 너에게 머물러 있을 그 많은 기억들을 나는 아직 찾고 있었다.

"커피 한잔 준다더니 제가 끓여요?"

2인용 식탁에 마주 앉은 네가 어느새 식탁 위를 치우고 말을 걸어왔다.

"커피가 어디 있더라."

그렇게 말하며 어느새 너는 일어서서 손을 뻗더니 머리 위 수납장을 열어 믹스커피를 꺼내고 있었다.

"어, 뜯지도 않았네. 한울 씨, 커피 안 마셨어요? 제가 갖고 온 그대로네요."

그러고는 자연스레 식탁 위에 컵 두 개를 올려놓고 내 몸 쪽으로 몸을 기울이고 있었다. 하얀 무선주전자 뚜껑을 열어 생수를 조금 붓더니,

"식탁 밑에 탭 있던데 거기 이 코드 좀 꽂아 봐요."

너는 믹스커피 두 봉의 머리를 비틀어 찢더니 두 개의 머그컵에 솔솔 부었다. 네가 날 보며 웃고 있었다. 어머니의 얼굴을 닮았다. 너는 다시 몸을 일으켜 전기 주전자의 손잡이를 잡

고 머그컵에 물을 붓고 있었다.

"결코 잊을 순 없는 거예요. 그냥 쌓아가며 내 몸과 하나가 되는 거죠. 전에 나도 그랬어요. 잃어버린 것을 억지로 잊으려 했어요."

너는 찢어두었던 커피포장지로 머그컵 속을 타원형으로 젓고 있었다.

"그런데 아니었어요. 잃어버린 것은 잊는 게 아니라 그냥 기억시켜두는 게 옳은 거였어요. 내 몸과 마음 어딘가에 쌓이면서 각인되어 가는 거였죠. 그래야 아프지 않다는 걸 알게 되었죠. 각인되는 게 더 아프지 않나 싶죠? 안 그래요. 각인되다 보면 흉은 있지만 대신 새롭게 알게 될 것들의 그 무게를 알게 되는 거예요. 내가 한울 씨 맘을 묻지도 않고 이렇게 이해하는 것처럼. 어머니 생각에 힘들면 내가 곁에 있어 줄게요. 어머니가 한울 씨에게 각인되어 아물 때까지."

그날 너는 그 작은 손으로 상처들이 엉성하게 짜깁기된 내 처참한 손을 포옥 쥐어 주었다.

내 손에는 아직 가위가 들려있다.

"내가 잘못했어. 정말 미안해."

나는 나도 모르게 이미 오래전 각인되어 있던 그 말을 흘려 보내고 싶은 듯 반복하고 있다. 더 이상 지탱할 수 없는 벅참으로 눈물범벅이 된 나는 호흡이 가빠져 손가락이 벌어지며 가위를 바닥에 떨어뜨리고 만다. 가위는 바닥에 한번 박히더니 그대로 눕는다.

가스레인지 위에선 찌개가 끓는다. 이제 가위를 들어 다시 할 일이 있을까. 나는 낡아서 동동 감긴 가위의 몸통을 살며시 들었다 내려놓는다. 찌개가 보글보글 끓는다. 양은 냄비 위로 거품이 오르락내리락한다. 너의 머리 뒤 침침했던 발코니엔 어스름한 안개가 걷히고 있다.

이제 가스레인지 불을 끌 차례다.

2.

너를 힘껏 들어 올리고 버스 가까이 다가가는 동안 비가 뚝 그친다.

"한울이 오랜만이네. 하여간 한울이 아내 사랑은 아무도 못 말리지."

등 뒤에서 쉿소리로 노인이 말을 걸어온다. 나는 힘없이 잠들어있는 너를 온몸으로 안아 315번 버스에 오른다. 빈 좌석으로 가서 너를 안은 채 왼손으로 힘들게 창문을 연다. 비가 그친 뒤라 시원한 바람이 차창 안으로 넘어든다. 갑자기 나는 버스 밖 누군가를 향해 큰 소리로 외친다.

"고마워. 선생님. 찌개 맛있어. 선생님 말처럼 행복하게 살 거야."

버스가 떠났는데 나는 아직 정류장에 있다. 너의 손길 대신 금발이 나에게 팔짱을 끼고 있다.

"어? 또 만났네. 아직도 여기 계신 거 보니 여기 사시나 봐?"

'나는 여기 산다. 아니 살지 않는 건가.' 뭐든 답하고 말하고 싶지만 낯선 이 상황도 낯선 그녀가 내뱉는 질문에도 내가 답할 의무는 없다.

"근데 정말 이 동네 좋지 않아요? 사라봉에 올라가 보면 좋다고 선생님 말 듣고 올라가 봤는데 멋진 바다에 하얀 등대까지 게다가 제주 시내가 다 보이고 정말 볼 만하더라."

금발의 말이 도통 이해되지 않는 나는 아무 대답도 못 하고 그냥 다른 쪽으로 시선을 돌렸다. 그런 나를 그녀가 빤히 바라보는 것 같다.

"참, 다음 주에나 들르려고요."

내가 그녀를 만나야 할 이유가 있던가. 아까 만났을 때 본 모습과 달라졌다 생각되는 것은 짙은 화장 탓인 것 같다. 붉은 빛 새도를 발라서인지 바비 인형처럼 깊게 패인 눈매가 이국적인 여자의 금발은 어딘지 어색하다. 검게 그을린 그녀의 건강한 피부가 그런 느낌을 만드는지도 모르겠다. 가슴이 깊게 패인 붉은 티셔츠가 부담스러운지 금발은 자꾸 한 손으로 자신의 오목가슴을 가려 보인다. 그러고는 자신을 대하는 나의 반응이 답답한지 갑자기 한숨을 내쉰다.

"미안해요. 아직도 남을 배려하는 게 서툴러서. 아프다고 했었죠? 힘내세요."

내가 아프다고 말한 적이 있었나. 잘 알지도 못하는 저런 여자한테? 그 응원의 의미를 도통 모르겠는 나는 그저 고개만 끄덕일 뿐이다. 한울이가 너와 떠났고 나는 찌개를 끓였지만 한울이가 아니라면 나는 누구인가?

머리가 조이듯 아파온다. 갑자기 들리는 이명 같은 한마디.

"동규 녀석 기억하지? 그놈 떠났다. 어제."

생각이 났다. 분명 소호가 그렇게 말했는데… 나는 이곳에서 그와의 약속을 지키기 위해 기다리고 있던 것이다. 그래. 그런 거였어. 그런데 소호의 전화는 계속 꺼져있다. 꽤 오랜 시간이 흘렀고 나는 금발을 두 번이나 만난 것이다.

"아픈 건 동규였지요. 난 몰랐지만…."

금발이 되묻는다.

"뭐라고요?"

나는 쓸데없는 말을 내뱉었단 생각에 이내 다시 입을 닫는다. 금발이 은빛 비늘 같은 숄더백의 입을 열어 담배 한 개비와 라이터를 꺼낸다. 바람 따라 명함 한 장이 바닥으로 떨어지더니 이내 바닥에 고인 비에 젖는다.

'그대는…'

어느새 쭈그러진 글자들이 보이지 않는다.

'지배?'

뭐지? 나도 모르게 고개 숙여 글자를 읽다가 갑자기 내가 한심스러워졌다. 도대체 저런 게 뭐라고 내가 신경을 쓰는 건지….

"오빠, 근데 아까 그 아저씨는 뭐라는 거야? 오빠가 상담한 남자야? 웃겨."

콧방귀를 뀌던 금발이 갑자기 팔짱을 뺀다. 스윽 내 몸으로 손을 뻗어온다. 내가 주춤대며 물러서려 하자 금발은 내 허리를 감아 들어온다. 그러더니 내 주머니에서 담배 한 개비를 꺼내든다. 분홍스키니 바지 뒷주머니에서 오렌지색 라이터를 꺼내더니 손을 동그랗게 모아 바람을 막고 불을 붙인다. 담배

끄트머리에 울퉁불퉁 붉은 불씨가 자라난다.

불이 붙은 담배를 입에 문 금발이 갑자기 등을 돌려 선다. 바람에 금발 머릿결이 같이 휘돌아간다.

"아프다고 했으니 담배 연기도 안 좋을 테니 뭐."

금발이 돌아섰지만 안타깝게도 담배 연기가 바람 따라 내 콧구멍으로 꾸역꾸역 들어오고 있다.

그런데 맛있다. 동규 녀석이 좋아하던 냄새였을 거다. 돌아서 있는 금발에게 묻는다.

"잎…으로 시작하는 장례식장에 가려면 몇 번을 타야 하나요?"

"입… 장례식장요? 이름 웃겨. 근데 난 처음 듣는데, 거기가 어디죠? 장례식장이라면 누가 죽었나 봐?"

낯선 여자에게 묻는 게 아니었는데… 금발은 모를 것이다. 죽음을 맞는 법을, 죽음을 맞은 이를 보내는 법을, 게다가 그런 죽음들이 모여 있을 그런 장소 따위는 안중에도 없을 여자다.

"아~ 네."

나는 가래 끓듯 겨우 올라온 뚱한 대답만 내뱉는다.

소호는 여전히 전화를 받지 않는다. 해가 지고 있다. 이제 집으로 돌아갈 시간이 된 것 같은데.

"아플 땐 담배 안 좋아. 게다가 오빠가 분명 아픈 뇌에는 담배 금지라 했었지? 이젠 필요 없다며 나한테 다 준다 했고, 응? 그치?"

금발은 숫제 내 주머니에서 담배 한 갑을 꺼내어 자신의 은빛 비늘 숄더백 안으로 들여 놓는다. 아버지의 냄새다. 현기증처럼 벽을 감싸던 꽃무늬 벽지. 절벽 같던 그 집 밖에서 짙게 풍기던… 그날도 엄마는 오지 않았다. 뜨거운 물에 손마디가 붉게 녹아내리는 그 순간에도 오지 않던 엄마다.

그렇게 오래 기다렸지만 시간은 오롯이 나만의 것이었다. 아빠의 니코틴 향이 바람을 타고 어머니의 죽음을 애도하고 있던 시간이 떠오른다. 그 냄새를 극도로 싫어했던 나는 싫어하는 만큼 오히려 그를 닮아왔을까? 기억 속 그 냄새가 내 몸에 배어버린 게 느껴지는 걸 보니. 그런데 왜 이렇게 외로운 건지 모르겠다.

어쩌면 누군가의 익숙한 무릎이, 따뜻한 그 손길이 위로가 되는 순간이 필요한 때가 온 것도 같다. 이리 그리운 걸 보니. 잎…자로 시작하는 그건 아마 너의 이름이었나 보다. 혹시 금발머리, 이 여자인 것일까? 한울은 315번 버스를 너와 함께 타고 갔다. 그런데 또 다른 한울인 나는 지금 내가 낯설다. 낯설다 못해 머리가 깨질 것처럼 아파온다.

나는 머리를 부여잡고 고개를 숙여 바닥을 보다가 담배를 따라 나오다 바닥에 떨어진 여러 장의 명함 중 하나를 주워 든다.

"아, 미안. 오빠 명함까지 다 떨어졌네. 상담소에 가면 있는 거 아냐? 다 젖은 건 왜 다시 줍고 그래?"

민망한 표정으로 같이 명함을 주울 듯 허리를 굽히던 그녀가 갑자기 몸을 벌떡 일으킨다.

"아, 버스 왔다. 오빠야, 이젠 그만 집에 가. 아플수록 가족이 최고야. 기억하지? 오빠가 한 말이야. 상담소 일도 좀 나가고. 죽을 때 죽더라도 돈은 벌어야지. 나도 내일 갈게. 오늘 돈 열심히 벌어서. 그럼 나 먼저 가."

금발의 그녀가 방금 도착한 버스에 오른다.

나는 손에 쥐었던 명함을 펼쳐 본다.

'그대는 낯선 기억을 지배하는가. 심리상담사 이 환.'

뒤집어 보니 사라봉 위로 카노푸스 별자리가 그려진 그림이 있다. 그림 밑에 조그맣게 적혀 있다.

'이 별자리를 보세요. 당신도 행복할 수 있습니다.'

나는 바지 뒷주머니에서 꺼낸 검정 신사지갑을 열어본다. 밝게 웃고 있는 한 남자의 주민등록증에는 '이 환'이라는 이름이 선명하다. 그 남자는 나를 닮았다. 아예 주민등록증을 꺼내

다시 살펴본다. 잎새 아파트 202동 1205호. 귀에 익은 목소리가 들려온다.

"오늘 저녁 일찍 와요?"

"아니, 장례식에 들렀다 가면 늦을 거야."

"그럼 아침에 김치찌개 해 놓을까?"

현관문이 열리고 한라산 능선을 따라 오름이 펼쳐져 있는 발코니 전경이 눈에 들어온다. 4인용 식탁 위로 바지런히 음식을 나르는 짧은 컷을 한 작은 여자아이, 그 곁에서 뚝배기 위로 도마를 들어 송송 썰린 푸른 쪽파를 밀어 넣는 파마머리 여자.

"여보, 찌개 다 됐어. 티비 끄고 얼른 와요. 환이 씨 얼른."

리모컨을 들어 스포츠 채널을 끄는 손. 화상 자국으로 짜깁기된 그 손이 숟가락을 든다. 나는 지갑을 닫고 손을 본다. 고기를 자르던 엄마가 가위로 손목을 찢고 있다. 아빠는 엄마의 손목을 낚아채 제 속옷을 벗고 찢어 동여매고 있다.

"내가 잘못했어. 정말 미안해."

아빠는 연신 그 말만 반복하며 피가 잔뜩 묻은 그 손으로 엄마의 손목을 조이고 있다. 엄마의 눈은 나를 보며 울고 있다. 그 후로 오랫동안 엄마를 기다리다 홀로 라면을 끓이던 작은 손은 이제 없다. 다만 끓는 물로 얼룩져 가위눌린 오른손의 기억만이 오랜 그리움으로 각인된 채 내내 뜨거웠을 뿐. 오른손을 들어 올리자 누군가의 목소리가 들린다. 아니, 기억 하나가 떠오르고 있다.

"뇌암입니다. 벌써 오른손 감각이 좀 떨어지고 있는 것 같네요. 본인이 하신 말씀대로 또 다른 증상으로 이명에 복시현상까지 생길 수 있고요. 주의할 점은 치매처럼 기억력이 감퇴할 수도 있다는 겁니다. 자신이 낯설어지거나 전혀 다른 인물로 착각하게 될 수도 있어요. 그러다 보면 성격이 바뀔 수도 있습니다. 좀 늦게 오시긴 했지만 그래도 노력은 해 봅시다. 수술하고 치료를 서두르는 게 좋겠네요."

그때부터였을까. 이렇게 기억에 오류가 생기기 시작한 것은. 두 번째 방문한 병원에서 똑같은 대답을 들어야 했던 탓에 미칠 것 같았던 그 순간이 나를 혼란으로 이끌었던 것 같다.

'그래. 타인의 기억으로 가득 찬 머리를 비워내야만 삶의 기회가 다시 찾아올 거야.'

번뜩 내 뇌리는 '카노푸스'라는 네 글자로 온통 채워지고 집중되고 있었다. 그때 나는 동규가 알리는 소호 녀석의 죽음을 들었던 것 같다. 내 절친 소호가 떠났다는 것을….

갑자기 머리가 깨질 듯 망치가 뼈 속에서 뭔가를 끄집어낼 듯 회오리처럼 기억들이 휘몰아친다. 010, 3600에 0315. 갑자기 깜깜한 머릿속으로 한 줄기 빛처럼 번호 하나가 스친다. 내 손은 주저할 새 없이 번호를 누르고 있다.

"야. 이 환."

동규가 버럭 소리를 지른다.

"어떻게 된 거야? 너 연락 안 돼서 뭔 일 났나 했어. 조금만 늦었으면 경찰에 신고하려고 했다고. 전화도 안 받고 꼬박 하루를 도대체 어디서 보낸 거냐? 왜 전화는 안 받았고? 제수씨도 연락 안 된다고 난리더라."

동규의 흥분한 목소리를 들으면서도 내 눈은 내내 정류장 벽면에 붙어있는 포스터에 머물러 있다.

국립제주박물관 특별전

무병장수의 별 노인성, 제주를 비추다

제주를 비추는 행복의 별빛,

지금 내 곁의 소중한 사람과 오래도록 행복하도록

"그게 말이야. 소호 녀석이랑 어릴 때 사라봉에서 찾으려 했던 카노푸스 별자리 찾으러 왔다가 잠깐 길을 잃었어."

"야. 이 환. 너! 무슨 말이야? 거긴 왜 갔어? 그건 그렇고 네가 길을 왜 잃어?"

나의 유난히 길었던 하루의 끝을 따라 노을이 붉은 치맛자락을 펼치고 있다. 그 끝에 집으로 가는 316번 버스가 빠른 속도로 달려오고 있다.

***카노푸스 별자리(노인성)**

남극 부근의 하늘에 있는 별. 2월 무렵에 남쪽 지평선 가까이에 잠시 보인다. 용골자리의 알파성(alpha星)으로 밝기는 -0.7등급이다. 고대 중국에서는 이 별이 수명(壽命)을 맡아 본다고 하여 이를 보면 오래 산다고 믿었다.

오래된 가지들 조금씩 부러지고 있을 때

덩굴 속 손톱만 한 흰 달

푸른 잎에 자라고 있다

- 문혜영 시 '잉글리시아이비' 중에서

리셋

“규칙들이 무너지고 사라져간다.

아니, 그런 건

처음부터 없었는지도 모르겠다.”

정확히 24시간 뒤에 다시 태어날 것이다. 가끔 시간차가 존재할 수 있기 때문에 언제 죽을지는 정확하게 말할 수 없지만 죽는 게 언제든 다시 태어날 시간은 정해져 있다. 그것은 알람처럼 정확하게 일어나야 할 규칙이다. 태어나야만 삶은 시작되고 시간은 흐른다. 무섭도록 정확한 규칙인 것이다. 어긋난 적도 없지만 어긋나서도 안 될 일이다.

나는 오늘도 기다린다.

1

나는 선이다.

악이 아닌 선, 어긋나지 않도록 잘 그려진 선. 태양 같은 존재라는 선, 아버지의 아들이라는 선. 어떤 의미로 불려도 나는 괜찮다. 내가 태어난 순간부터 그 모든 의미를 다 가지고 나온 존재라고 아버지는 믿고 있었다고 한다. 그 이유는 내가 태어나기 전부터 아버지가 계획적으로 나를 '완벽한 선'으로 태어날 수 있도록 철저히 준비해 왔기 때문이라고 한다. 내가 완벽할 수밖에 없는 것은 완벽한 DNA를 가진 아버지 자신이 나를 얻기 위해 사랑한 여자가 그 누구보다 완벽했기 때문이라고 한다.

아버지가 사랑한 그 여자는 나의 어머니지만 곁에 머물 수 없을 만큼 완벽해서 항상 집으로 돌아올 수 없다고 했다. 그런 완벽한 여자들이 한곳에 머물러 아이를 키우며 사는 것은 있을 수 없는 일이라고 말이다. 그러니 이런 특별한 가족을, 그 생활을 이해해야만 한다고 했다. 완벽한 존재들이 일궈가는 가족의 형태는 남들과 다를 수밖에 없는 것이라고.

완벽은커녕 그 가까이 가본 적도 없는 99퍼센트의 사람들은 불규칙하고 무질서하며 아무 음식이나 먹고 시도 때도 없이 소리를 지른다고 했다. 소음에 중독되어 있어 웬만한 것에는 집중할 수가 없고 자신들의 말만 뱉어내느라 듣는 귀는 이기적이게도 발달되지 않았다는 것이다.

규칙이 없는 삶을 살다 보니 일상이 조잡하고 더러운 일투성이라 비누나 세제로 씻어낸다고 쉽게 지워질 수준도 아니라고. 그게 보통 사람들이 살아가는 방식이지만 내게는 알아둘 필요가 없다고 했다. 그런 격에 맞지 않는 존재를 만날 일은 없을 것이기 때문이라는 게 아버지가 내게 일러둔 이유였다. 나는 완벽하게 격식과 규칙에 맞게 행동하고 생각을 하는 존재이니까 말이다. 나는 그 누구도 아닌 아버지의 하나뿐인 아들이니 말이다.

그런데 요즘 문밖에서 무슨 일이라도 난 건지 가끔씩 이상한 소리들이 진동으로 느껴진다. 그 99퍼센트의 사람들이나 낼 것 같은 불규칙한 소음들이. 문을 두드리는 것 같은 노크 소리인가 했는데 사방에서 메아리처럼 울리는 데다 가끔은 너무 뜬금없이 울리니 아버지가 날 위해 만든 특수한 방음벽에까지 금이라도 나는 건가 하는, 해서는 안 될 불길한 생각을 하게 된다. 아버지는 나를 위해 최고가의 최상 재료로 방음벽을 만들어 두었기에 보통 사람들의 소리라는 것은 그 벽을 뚫고 들릴 수가 없는데 말이다. 불안한 생각이 똬리를 틀기 전에 제거해야 한다고 생각한 나는 다시 그랜드 피아노 앞에 살포시 앉아 흑백의 건반에 두 손을 얹는다.

그렇다. 나는 피아노를 치는 사람이다. 피아노를 치는 건 삶을 유지하는 생명수 같은 거다. 피아노에 두 손을 얹고 아무것도 하지 않고 쉴 때도 음이 방 안 가득 흐르고 있다는 것을 나는 느낄 수 있다. 마치 어제 친 피아노의 선율이 오늘 다시 메아리로 내 손마디 사이사이로 흐르며 나를 간지럽히기라도 하는 것처럼. 그것은 때론 밀려드는 파도처럼 때론 날아가는 우아한 나비처럼 음 하나 하나를 수놓는다. 가끔 나는 내가 치는 피아노 소리에 미쳐간다. 그런 날은 그래야만 내가 살아있음을 느낄 수 있다. 그건 피아노의 선율에 맞춰 호흡하는 찰나찰나마다 내가 비로소 숨을 쉬고 있다고 믿을 수 있기 때문이다. 그런 때가 오면 내 온 신경을 쏟아 부어도 살아있음을 느끼기엔 모자랄 지경이다.

음 이탈이 조금이라도 난다면 견딜 수가 없어 손등을 마구 긁곤 하는 버릇이 언젠가부터 생겼다. 실수를 용납하지 않는 삶은 내 손등을 엉망으로 만들곤 했다. 가끔 피로 얼룩진 내 손등 위로 푸른 아이비처럼 무성한 핏줄들이 손을 뻗어 자라나기도 한다. 그것은 순식간에 상처를 덮어버려서 그 아이비 안에서 무슨 일이 일어나는지는 알 수가 없다. 그런데 그런 일이 있고 나면 이상하게도 어느새 상처는 말끔히 아물어 있다. 피를 흘렸던 흔적도, 그 피가 멈춘 후의 생채기나 흔적도 모두 사라지고 없다.

처음에는 그런 일이 일어난 사실이 당황스럽기도 했고 놀라기도 했는데 아버지는 그런 일은 완벽한 아이에게만 일어나는 자연치유법이라고 했다. 누구든 이런 능력을 가질 수 있다면 세상은 병든 이들이 없겠지만 그건 오히려 불공평한 일이어서 다른 이에겐 있을 수 없는, 아니 있어선 안 될 일이라고도 했다. 그런 특별한 능력이 공평하게 누구에게나 주어지면 특별해질 수 없는 법이라고. 특별한 존재에게만 특별하게 생기는 자연스러운 능력이라고 말이다.

어쨌든 피아노를 칠 때면 나는 누가 그 일을 그만 멈추라고 하지 않으면 멈출 수가 없다. 멈추면 아까운 그 시간들을 어디에서도 보상받을 수가 없기 때문이다. 그렇기에 사람들은 언제나 완벽한 나의 피아노 연주를 보고 싶어 한다. 여러 각도로 사방에 걸려 있는 카메라들은 다 나의 고객들을 위해 제공되는 영상을 실시간으로 보내는 일을 담당하고 있다고 한다. 아버지가 출근하고 내가 주로 하는 일은 피아노 연주가 전부다. 보통 사람들은 그렇게 미치도록 할 수 없는 일을 나는 하고 있기에 그래서 나는 내가 특별하고 완벽한 존재임을 믿어 의심치 않는다.

“선아. 내 아들은 너무 완벽한 아이라서 저 문을 열고 나가면 안 돼. 나가는 순간 완벽한 우리 선이가 보통 사람이 되어버리는 거야. 보통 사람은 나약하고 무능력하지. 선, 알지? 아버지의 아들은 완벽해야 해. 그러니까 아버지가 시키는 대로 너는 여기서 규칙에 맞게 사는 거야. 아버지의 하루는 너를 위해 완벽하게 준비하고 있어. 알고 있지?”

오늘도 나는 문 안에서 나를 지킨다. 완벽한 사람에게 문밖은 위험하니까 말이다. 그런데 아버지는? 나의 완벽한 아버지는 왜 그 문을 열고 밖을 선택한 걸까? 밖으로 규칙적으로 외출하고 오는 아버지는 왜 그리도 완벽할까? 완벽의 기준은 사람마다 다르게 적용되는 것일까? 나는 나도 모르게 손등을 긁는다. 손등은 잠시 피가 나더니 멈췄다. 맞아. 의심은 금물. 나는 선이야. 완벽한 아버지의 아들.

아버지가 그랬다. 아버지 말을 의심하게 되면 완벽한 DNA에 손상이 생기기 시작하는 것이니 주의해야 한다고. 그럴 때면 완벽한 선의 피아노 소리에 귀를 기울이라고 말이다. 지금 내가 지켜야 할 규칙은 카메라의 움직임을 조정하는 일이다. 내가 거실 한가운데 앉아 거대한 상아빛 그랜드 피아노를 연주해야만 카메라는 살아있는 존재처럼 고개를 움직인다.

아주 섬세한 붉은빛이 내 눈을 향해 레이저 빛을 쏘면 나는 규칙을 실행해야 한다. 아버지가 돌아올 때면 카메라는 멈출 것이고 나는 늘 그렇듯 냉장고 문에 다가갈 것이다. 반드시 오른 쪽 손등으로 그 문의 가운데를 터치하는 게 규칙이다. 오늘의 메뉴는 이미 아버지의 규칙대로 정해지고 말하지 않아도 저녁 식사는 준비될 것이다.

나는 아버지를 기다리는 동안 가지런히 정돈된 전자레인지용 반찬 한 개를 전자레인지 창에 손등을 대고 고르고 다시 전자레인지 문의 가운데를 손등으로 접촉만 하면 된다. 저절로 음식이 이동하고 스스로 익혀 나오니 완벽한 기계가 아닌가. 내가 밥을 다 먹고 나면 아버지는 다시 나갔던 문으로 들어오고 화장실로 함께 가서 같이 이를 닦는다. 우리는 나란히 서서 거울을 보곤 하는데 오늘은 아버지랑 나란히 서 있는 내 얼굴 왼편에 어둡게 빗금이 생겨 있다. 처음 보는 빗금에 이를 닦다 말고 잠시 멈칫했더니 아버지는 나를 바라보며 서두르라고 재촉한다.

아버지의 키 정도 높이에 있는 내 머리를 아버지가 쓰다듬으면 나는 거실로 나가 아버지와 티비를 보아야 한다. 티비 화면에는 늘 인류의 진화에 관한 다큐가 나오고 나는 매일 그것을 반복해서 본다. 티비를 규칙대로 보는 동안 아버지는 난초에 물을 주는 일을 한다. 그런데 이상하게도 난초 화분에도 내 얼굴 같은 빗금이 생기고 있다. 내가 곁눈으로 볼 때 생긴 그 빗금은 아버지가 볼 때는 보이지 않는 건지 아버지는 정해진 규칙대로 늘 그렇듯 화분에 물을 주고 있다. 규칙을 지켜야 하니 다시 모른 척 고개를 돌렸다가 다시 곁눈으로 보았는데 어느새 금은 사라지고 멀쩡한 난초 화분이 고고하게 자리 잡고 있다.

아버지가 일을 마치고 티비 시청 시간이 끝나면 나는 조명이 유난히 붉은 방으로 들어가 이부자리를 펴야 한다. 삼단으로 이루어진 매트리스가 내 손등 터치로 바닥에 저절로 펴지고 내가 그 자리에 누우면 아버지가 내 몸 위로 푸른 이불을 살며시 덮어준다.

붉은 조명 아래 아버지는 중얼중얼 노래를 부르는데 나는 그게 노래인지 아니면 그냥 혼잣말인지 알 수가 없다. 내게 알려준 아버지의 규칙에는 그게 정해져 있지 않기 때문이다. 가끔 규칙에 없는 중얼거림은 오히려 나를 편안하게 위로한다. 아버지의 낮고 굵은 허밍처럼 들리는 그것이 나를 설레게도 한다. 붉은 조명 아래 나는 아버지의 따뜻한 눈을 마주하고 잠이 든다. 잠을 자는 것 또한 정확히 계산된 규칙이기에 나는 그것을 지켜야 한다. 잠드는 시각과 잠들어 있어야 할 시간까지.

뜨겁다. 생각하는 순간 이미 불길은 주위를 둘러싸고 있었다. 떨고 있는 내 손을 누군가 잡아끈다. 일어나. 어서 나가야 돼. 나는 도리질을 치며 괴성을 지른다. 누군가 손을 끌고 현관 입구로 끌어당긴다. 불은 비닐장판을 녹이며 이미 거실까지 번져오고 있었다.

"손이 뜨거워."

늘 거기에서 잠이 깬다. 잠이 깸과 동시에 아버지의 목소리가 들린다. 그게 신호다. 그렇게 내가 깨어날 시간은 아버지가 방문을 열고 아침 식사 시간이라고 알려줄 때인 것이다. 아침 식사 전에 나는 저녁과 달리 혼자 세수를 하고 혼자 이를 닦고 면도를 한다.

그런데 오늘은 이상하다. 거울 속 내 얼굴이 마치 피자를 자른 듯 X자로 벌어지고 있는 것이다. 혹시 이 정도라면 붉은 핏물이 얼굴을 물들였나 싶어 얼굴을 만져보지만 아무것도 흐르지 않는다. 다시 거울을 보니 얼굴은 어느새 그대로 매끈하다. 그럼 거울이 문제인 걸까? 화장실에서 나와 부엌으로 왔는데 분명 있어야 할 아버지가 보이지 않는다. 아버지와 식사를 하지 않으면 나는 다음 규칙을 실행할 수가 없는데, 그러고 보니 오늘 아버지를 본 기억이 없다. 이건 말이 안 되는 일이다. 규칙에 어긋나는 것이다.

아버지가 아침밥을 먹으라고 하지 않았는데 나는 일어났고 세수를 했고 식탁에 온 것이다. 아침이라면 붉은 조명은 꺼지고 햇살이 창을 통해 밝게 들어와야 하는데 내 방은, 아니 온 집 안이 붉은 조명으로 가득 차 있다. 나는 규칙에 어긋난 행동을 하고 있다는 것인가? 이제 나는 완벽한 존재가 아니라는 걸까?

손등을 긁는다. 규칙에서 어긋나는 것은 피아노 연주의 음이탈과도 같다. 손등에 빗금이 생기며 붉은 물이 솟아난다. 그런데 아이비를 닮은 나의 치료제가 손등에서 자라지 않는다. 나는 점점 불안해지며 손등을 더 긁는다. 손등이 부서질 것 같다. 마치 석고상이 부서지는 것처럼 손목이 흩날리는 게 보인다. 붉은 조명 아래 푸른 이불이 눈앞으로 날아들더니 형광 빛 가루로 흩어진다. 이제 손목을 지나 팔꿈치까지 사라져가고 있다. 무슨 일이 일어나고 있는 걸까? 나는 어디서부터 규칙을 깼을까. 나는 온 힘을 모아 아버지를 부른다. 하지만 어떤 대답은커녕 문이 점점 나를 덮치는데 아버지 목소리는 여전히 들리지 않는다.

규칙에 따르면 나는 문을 열어선 안 된다. 그 문은 아버지만 드나들 수 있으며 내가 그 문을 여는 순간 나는 다른 존재, 평범한 사람 속에서 길을 잃게 된다. 지금 내 몸은 의도치 않게 한 번도 열어본 적 없는 그 문으로 비스듬히 말려 들어가고 있는 것 같다. 멀어지려 노력하지만 소용이 없다. 이미 나의 방도 부엌도 이상하게 찌그러지고 점점 좁아지는 느낌이다. 내 발은 바닥과 함께 울렁거리다 점점 기울어지는 바람에 균형을 잡기 위해 발가락에 온 힘을 주고 있는 중이다. 어느새 팔꿈치만 남은 오른팔에서 다시 기다란 무언가가 자란다. 아이비다. 푸른 아이비가 탯줄처럼 그 몸을 뻗으며 문의 손잡이를 당기고 있다.

"안 돼. 그러지 마. 규칙에 없는 일이야. 아버지를 기다려야 해."

손잡이가 돌아간다. 나는 내가 통제할 수 없는 일이 일어나고 있음에 무기력감을 느낀다. 이제 나는 완벽하지 못한 사람이 되고 말 것이다. 아버지에겐 내가 더 이상 필요 없게 될지도 모른다. 문이 열리고 있다. 나는 나도 모르게 빠져나간 내 아이비 팔을 거둘 길이 없다.

눈을 꾹 감는다.

2

욕실 수납장을 열면 수건들은 흐트러짐 없이 잘 정돈되어 있고, 비누에서 치약까지 각이 잡혀 있다. 하지만 나는 그것을 가끔 흐트러뜨릴 때가 있다. 수납장을 제 손으로 열려고 할 때나, 아버지와 다른 방향으로 손을 들었을 때 특히 그렇다. 그때마다 아버지는 아무 일도 일어난 적 없는 것처럼 자연스럽게 나를 일으켜 주신다. 그렇게 아버지의 손길이 나의 심장을 어루만져주면 늘 그렇듯 나는 아버지의 냄새를 맡는다. 나는 아직 아버지의 가슴 아래 즈음에 닿을까 말까한 작은 키 아이라서 면도를 하진 않지만 면도하는 아버지의 냄새가 너무 좋다. 부드럽고 촉촉한 아버지의 냄새는 여느 향수 못지않게 완벽한 향을 갖추고 있다. 나는 그런 아버지를 꼭 닮았다.

우리에겐 완벽을 위한 규칙이 있다. 그것은 한 치의 오차도 있을 수 없이 24시간 반복되어 진행된다. 저녁 식사를 마치고 나면 나는 자연스레 아버지와 함께 소파에 앉아 TV를 본다. 화면 구석구석을 눈으로 쫓아가다 보면 빨리 피곤해지지만 정해둔 시간까지 나는 TV를 시청해야 한다. 아버지는 저녁 여덟 시가 되면 TV를 어린이 채널에 고정시켜두고는 베란다 창가로 걸어간다. 아버지의 손에 들린 분무기에서 뿜어져 나온 물방울들이 난초 잎에 송송 맺힌다. 그런데 순간, 푸른색 물방울이 나의 눈동자 쪽으로 오더니 순식간에 스쳐 지나간다. 눈동자를 스쳐 푸른빛 형광 물방울들은 TV 화면을 지나 파편으로 날리는 것 같은 아버지 화분의 표면과 꺾인 난초들 사이로 찌그러지다 순식간에 흩어 날아가고 있다.

갑자기 서늘한 느낌이 든 나의 눈동자는 아버지를 부르지만 아버지는 여전히 나를 등진 채로 분무기를 들고 계속 물을 주고 있을 뿐이다. 요즘 따라 아버지가 만들어준 규칙적인 일상이 몽환처럼 갈라지고 쪼개지는 어지러운 빛으로 회전을 하곤 한다. 나는 그 보이지 않는 틈에 대해 두려운 생각으로 몸을 떠는 버릇이 생겼다. 아주 미세한 그 떨림은 미세하게 길어지는 시간이 아니라 커다란 벽처럼 다른 차원의 문을 경험하는 그런 것이다.

"그만 자야지."

아버지가 나에게 명령조의 근엄한 목소리로 재촉한다. 아홉 시 정각이다. 아버지는 나를 방으로 들여보내고 늘 그렇듯 자장가를 불러준다. 자장가는 행복한 꿈을 위한 것이라지만 나를 위해 부르는 아버지의 자장가는 어딘지 어색하다. 어둠으로 가득 채워진 공간에서 그나마 위안인 것은 나의 손이 닿는 곳에 아버지가 있다는 것이다.

넓고 넓은 바닷가에 클라멘타인과 늙은 어부 아비가 함께 있었다는 것처럼. 나는 꼭 '내 사랑아'에서 잠이 들어버린다. 내가 사랑받는 한 아이로 깊은 잠에 빠지면 자장가를 부르다 말고 아버지는 방을 나선다. 나를 둘러싼 주위에는 아무런 흔적도 존재하지 않는 것처럼 고요하다. 사방이 잠에 마취된 것처럼 뒤척임 없이 고요하다. 내가 잠들면 세상도 함께 잠드는 것처럼….

뜨겁다. 생각하는 순간 이미 불길은 주위를 둘러싸고 있었다. 떨고 있는 내 손을 누군가 잡아끈다. 일어나. 어서 나가야 돼. 나는 도리질을 치며 괴성을 지른다. 누군가 손을 끌고 현관 입구로 끌어당긴다. 불은 비닐장판을 녹이며 이미 거실까지 번져오고 있었다.

"뜨거워."

나는 급히 눈을 뜬다. 오늘도 나는 같은 장면에서 잠이 깬다. 아버지가 부엌에서 아침 식사를 준비하고 있지만 소리가 들리지 않는다. 고요하다 못해 적막하다. 칼을 들어 아버지가 뭔가를 썰고 있지만 그게 무엇인지 모를 만큼 아무런 진동도

소리도 느껴지지 않는다. 들리는 건 나지막하게 들리는 피아노 소리뿐. 연주되는 음악은 잘 들리지 않고, 너무 익숙한 것이라서 스스로 악기가 된 듯 그것은 소리보단 진동에 가깝다.

귀를 기울이려는 순간, 식탁 위로 숟가락과 젓가락이 달그락거리며 내려앉는 게 느껴진다. 나는 늘 그렇듯 아버지 앞에 마주 앉았고 늘 그렇듯 식사를 시작한다. 찌개 속의 고기가 너무 익혀진 건지 고무처럼 늘어져 있다. 하지만 나는 말없이 그것을 씹었고 아버지 역시 그것을 씹어내고 있다. 나는 그것을 씹는 동안 자신이 아무런 향도 느끼지 못한다는 듯 코를 킁킁거린다. 아버지 역시 코를 킁킁대지만 이내 아무 일도 없다는 듯 그것을 후루룩 들이켜고 있다.

아버지와 나 사이로 어제도 잠깐 본 듯한 사선의 빛이 살짝 빗금 지어 내린다. 손을 뻗자 그것은 흔적도 없이 사라지고 만다. 나는 아버지의 난초 화분을 향해 오른쪽으로 고개를 돌린다. 난초 화분 사이로 잠시 희미한 실금이 위에서 아래로 생기다 아래에서 위로 흔적 없이 사라지고 있다. 식사를 마친 뒤 나는 아버지에게 뽀뽀를 하고 욕실로 향한다. 아버지와 이를 닦고 세수를 하고 있는 동안 나는 불안한 느낌으로 몸이 떨린다.

"이건 이상해요."

"뭐가?"

"순서가 바뀐 것 같아요."

"순서?"

"아버지가 정해준 하루 일과가 아닌걸요?"

아버지는 말없이 내 손을 끌어 다시 부엌으로 간다. 그리고 내 손을 당기더니 가스레인지 위에 놓으려 한다.

"뜨거워요."

"가스불은 켜져 있지 않아."

"켤 거잖아요."

아버지는 나의 손을 내려놓고는 갑자기 얼굴을 들이민다.

"완벽한 내 아들 선. 아버지를 믿어야지."

"믿어요. 아버지. 하지만… 이건…."

"뽀뽀할 시간이야."

"아니에요. 그렇지 않아요."

"그럼 얼른 세수하고 이를 닦고 나는 가야 해. 넌 피아노를 쳐야 하고 나는 가야 해."

"그건…."

"나는 가야 해. 그래야 오지."

"맞아요."

"나는 아버지야. 너의 완벽한 하루를 위해 나는 가야 해."

"네."

내가 피아노 앞에 앉자 아버지는 손을 들어 올리고 바닥을 향해 내리꽂는다. 닫히는 문의 둔탁한 진동을 뒤로하고 피아노의 건반을 향해 나는 높이 든 양손을 내린다. 피아노 소리가 손가락과 어우러지며 물결처럼 흐르다 뚝 그친다.

나의 손목을 푸른 선들이 X자를 이루며 가로지른다. 내 손이 놀라서 경련을 일으키는데 그것은 내가 내리친 것이 피아노가 아니라 아버지의 난초 화분들이기 때문이다. 깨어진 난초 화분의 파편들 사이로 아버지의 얼굴이, 내가 아닌 꿈속의 낯선 아이의 얼굴이 둥둥 떠다닌다. 나는 눈을 감는다. 환영처럼 보이던 그것들이 오늘따라 반복적으로 보이는 것이 두렵기 때문이다. 나는 이제 쉽게 감은 눈을 뜰 수가 없다.

다시 피아노 소리가 희미하게 들리자 나는 감았던 눈을 살짝 실처럼 떠본다. 실금처럼 작은 시야에 피아노를 두드리고 있는 손가락이 보인다. 평소보다 약간 굵고 실주름이 보이는 그 손가락은 내 시선보다 빠르게 건반을 가로지르며 소리를 내고 있다. 하지만 어둠이 내리고 홀로 남은 거실을 향해 걸어오는 발자국 소리는 들리지 않는다. 아버지의 따뜻한 저녁 식사도 차려지지 않는다.

나는 혼자이고 피아노만이 내 전부다. 어디선가 나를 재우는 클라멘타인 노래가 들려오자 나는 방으로 들어가 홀로 잠을 청한다. '내 사랑아'에 잠이 드는 게 규칙임을 알지만 나는 쉬이 잠들지 못하고, 자장가의 다음 부분을 듣고는 멍하니 방문을 향해 눈을 돌린다. '늙은 아비 홀로 두고 영영 어디 갔느냐?' 부분에서 나는 그 소리가 왜 그리 어색하고 슬픈 예감이 드는 건지 이불을 머리끝까지 당겨 소리를 차단해본다.

노란 조명이 은은하던 내 방 안은 평소보다 희미한 노란빛이 감싸고 있다. 평소보다 어두워진 방 안에는 그 많던 장난감도 책들도 보이지 않는다. 문을 열면 안 될 것 같은 불안감 속에 나는 이불 안에서도 작은 경련을 일으키며 계속 중얼거린다.

"이건 규칙에 맞지 않아. 언제나 나는 사랑받을 때 잠들어야 하고 아홉 시가 넘으면 안 되는 거야. 아버지는 돌아와야 하고, 나는 저녁을 먹어야 했어. 이건 규칙에 맞지 않아. 완벽한 하루는 이런 게 아냐."

다시 내가 눈을 떴을 때는 이미 아침이 시작된 상태다. 하지만 아버지는 아직 나에게 오지 않는다. 나는 아버지 얼굴의 까칠한 느낌을 위안으로 삼으려고 아버지 얼굴 대신 난초에 다가가 뽀뽀를 한다. 욕실로 가서는 완벽한 아버지의 양치질을 따라 한다. 아무것도 차려져 있지 않은 식탁에 앉아서 순가락을 들 듯 손가락을 움직이고 국을 마시듯 비어있는 양손을 들어 입에 붓는다. 아버지가 나가는 방향으로 양손을 크게 들어 올려 보이곤 피아노의 건반을 부숴버릴 듯 내려친다.

하지만 나의 손가락들이 움직일 때마다 난초의 화분들이 금이 가고 급기야 '베토벤교향곡 9번'에 이르러 그것들은 파란 형광 빛으로 변하며 가루가 되어버린다. 빈손이 되어버린 나는 사라져 가는 피아노의 건반을 붙잡으려 끝없이 연주를 해보지만 끝내 내 곁에는 화분도 피아노도 남아있지 않다.

"아버지는 와야 했고 나는 피아노를 쳐야 했고, 화분, 화분은. 그래, 내가 안 한 게 있기 때문이야. 아버지 대신 물을 주지 않았어. 그래서 규칙이 화가 난 거지. 규칙을 어긴 건 바로 나였던 거야."

나는 의자에서 일어나서 난초 옆에 놓여있던 분무기를 들어 널브러진 난초의 뿌리에 물을 뿌린다.

"다시 시작해. 내가 잘못했어. 다시 시작해."

하지만 내 앞에 놓인 난초들마저 사라지고 바닥만 촉촉하게 물기가 흐른다. 도무지 무엇을 어떻게 하는 게 맞는 건지 헷갈린다. 나는 아버지가 따라오면 안 된다던 그 문에 시선을 맞추고 서 있다.

"선아. 내 아들은 너무 완벽한 아이라서 저 문을 열고 나가면 안 돼. 나가는 순간 완벽한 우리 선이가 보통 사람이 되어 버리는 거야. 보통 사람은 나약하고 무능력하지. 선, 알지? 아버지의 아들은 완벽해야 해. 그러니까 아버지가 시키는 대로 너는 여기서 규칙에 맞게 사는 거야. 아버지의 하루는 너를 위해 완벽하게 준비되어 있어. 알고 있지?"

아버지는 안 된다고 했지만 나는 자꾸만 시선이 가는 그 문으로 다가서고 있다. 문 앞에 이르자 나의 몸은 부서질 듯 사선의 금이 생겼다 사라지기를 반복한다. 나는 힘껏 아주 힘껏 문의 손잡이를 돌리지만 밖에서 잠긴 듯 그것은 헛돌고만 있다. 그때였다. 문의 손잡이가 움직이는 듯하더니 저절로 문이 열리고 있다.

그곳엔 아버지만큼 키 큰 낯선 남자가 두 눈을 감고 있다. 나는 뒤로 물러난다. 갑자기 그가 눈을 떴다. 내 발들이 나도 모르게 뒤로 물러나다 하마터면 넘어질 뻔했다. 그가 그 큰 몸을 숙여 나를 바라보고 있다. 어둡게 착색된 얼굴은 X자로 빗금 지어 일그러져 있고 그 얼굴 아래로 내려다보이는 손은 뭉툭한 주먹 모양으로 손가락이 없는 것 같다. 나는 놀라서 그를 바라보며 기억을 더듬는다. 어디서 본 사람이더라.

그가 나에게 팔을 내민다. 뭉툭한 팔에서 초록 잎들이 손을 뻗는다. 나는 놀라서 뒤로 물러선다. 이미 내 뒤에는 아무것도 없는데 나는 허공을 밟고 뒤로 허우적거리며 물러간다. 완벽한 나의 하루가 무너지고 있다. 아버지는 어디로 간 걸까? 무섭다. 무섭다.

그런데 그가 웃는다. 옹이진 슬픔을 문지르고 또 문지르니 이제 비로소 웃을 수 있다는 듯. 이미 네 개로 나뉜 얼굴에 띤 웃음은 웃음이 아니다. 소리도 나지 않는다. 그의 뒤 허공에는 피아노의 하얗고 검은 건반들이 분열된 상태로 스스로 연주를 하고 있다. 내가 좋아하는 여러 연주곡들이 섞여서 소음처럼 들린다. 피아노 연주음에 맞춰 웃다가 울다가 하는 듯한 그의 얼굴이 오히려 낯선 나는 그에게 나도 모르게 '혹시 아버지?' 라고 부르려다 말고 입을 닫는다.

존재한 적 없는 기억처럼 그의 얼굴은 어느 한 조각도 맞춰지지 않는 탓이다. 심하게 구부러져가는 등 위로 햇살이 따갑게 내려앉는 탓인지 하얀 셔츠의 목덜미에는 땀이 주르르 흐른다. 푸른 잎들로 이뤄진 손을 내미는 그에게 나는 내어줄 손이 없다. 어느새 내 손은 사라지고 없었다. 피아노 위로 물결처럼 흐르는 손가락들을 가져본 적이 있었던가 싶게 나는 사라져가는 오른손을 바라본다. 내 손이 사라져가는 것을 보던 나는 얼굴 한쪽을 아직 남아있는 왼손을 들어 만지려 한다. 화상을 입은 듯 붉게 번지는 열기에 뜨거워지고 있음을 알게 된 나는 손을 대려다 말고 흠칫 내려놓는다.

그가 말을 걸어온다.

“나는 선이야. 너는 누구니?”

그의 말에 당황한 나는 잠시 망설이다가 입을 열었다.

“나는 선이에요. 악이 아닌 선, 어긋나지 않도록 잘 그려진 선. 태양 같은 존재라는 선, 아버지의 아들이라는 선. 어떤 의미로 불려도 나는 괜찮아요. 나는 완벽한 선이에요.”

어이없다는 듯 그가 웃는다.

“내가 선이지. 넌 아니지. 너 때문이구나. 오류가 생긴 이유가”

무슨 말인지 모르겠는 나는 점점 사라져가는 공간으로 뒷걸음질치고 있었다. 하지만 소용없었다. 그의 푸른 손은 점점 나를 당기고 있었고 나는 어느새 그에게 흡수되고 있었다.

내가 그에게 거의 끌려가고 있을 무렵, 그가 들어온 문, 내가 있는 그곳에 투명한 문이 또 하나 생기고 있다. 투명하지만 네 개의 모서리가 느껴지고 손잡이가 보이니 문이 분명하다. 세 개의 문이 휙 바람소리와 하나로 함께 합쳐지더니 사라지고 우리 둘 사이를 가르며 무언가가 조각조각 내려오며 맞춰지고 있다. 마치 큐브처럼 아니면 창살처럼 그것은 우리를 가두고 싶은 듯 들어온다.

1 + 2=1

우리 사이로 비집고 들어온 그것은 사람이다. 허공에 남아 있던 가족사진 속 완벽한 그 여자. 엄마다. 너무 완벽해서 결코 집으로 돌아오지 않는다던 그 엄마인 것 같다. 정확히는 알 수 없다. 너무 꽁꽁 얼어있는데 사진 속 엄마의 옷과 똑같은 옷을 입고 있다는 것만 확실하다.

"찾았다. 여기 숨어 있었네, 다들. 내 엄마 죽인 살인 무기들이 다 여기 있었어."

문이 사라지며 엄마와 함께 나타난 남자가 대뜸 하는 말이다. 얼어붙은 엄마를 부둥켜안고 울고 있는 그 남자. 뭉툭한 손, 아니 팔이라 해야 하나? 불에 타다 만 것 같은 피부에 자글자글한 주름이 가득한 얼굴의 한 면을 엄마의 차가운 볼에 문지르는 그 남자. 그는 우리 둘을 보더니 뭉툭한 한 팔을 우리를 향해 뻗는다. 그의 움직임에 마치 슬라임처럼 늘었다 줄었다 우리의 두 몸이 그의 뭉툭한 팔로 흡수되며 옷처럼 입혀지는 중이다.

그가 뭔가를 중얼거리는데 무슨 말인지는 잘 들리지 않는다. 그렇게 나와 어린 나는 한몸이 되어간다. 아니, 남자의 팔이 되어가는 것인지 아니면 반쪽 얼굴이 되어가는 것인지 어쨌든 완벽한 옷을 짜깁기하듯 날실과 씨실로 변해가는 중이다. 우리가 도망치려 할수록 점점 우리는 그가 되어간다.

어느새 점점 사라져가는 나는 문득 깨닫는다. 완벽한 내게는 유년의 기억이 없었다는 것을, 나보다 어린 저 선이란 녀석이 아버지가 심어주고 싶던 내 어린 시절일까. 사진 속 가족은 피아노 앞에서 사진을 찍고 있다. 어머니는 분홍 드레스를 입고 있고 아버지는 어린 선을 안고 서 있다. 그런데 나는 아니다. 방금 내게 오류를 일으킨 어린 선? 아니다. 그 아이도 아니다. 거기엔 우리가 아닌 더 어린아이 선이 있다. 온전한 웃음과 온전한 몸을 가진 아이 선. 그럼 지금까지 완벽했던 나는, 아니 우리 둘은 누구인가?

"그거 알아? 너희들은 나를 되살리기 위한 아버지의 프로젝트 중 일부라는 거. 내 온전한 세포에 남은 DNA의 일부를 분열해서 만든 자기복제시스템의 모뎀이지. 존재하기 이전의 실험체 말이야. 세 개의 도어 안에서 생성되는 가상의 선들을 내가 찾을 때마다, 참 그건, 아버지와 나만의 일종의 술래잡기 놀이 같은 거지. 오류가 생길 때마다 아버지는 무의식중인 내게 Key를 맡겼어. 너희 둘은 이제 나에게로 돌아올 시간이야. 반항하지 마. 이건 너희들이 해내야 할 마지막 규칙이니까. 내게로 와. 어서."

웅크려있던 그가 점점 몸을 일으키고 뭉툭한 주먹손을 나에게 다시 내밀자 나에게 남아 있는 한손이 그것을 잡는다. 나는 깜짝 놀란다. 아니다. 놀랐다기보다는 두려워진다. 내 몸이 그에게 흡착되듯 빨려가고 있음을 감지하고 검게 변한 비뚤어진 나의 입에서 그와 똑같은 목소리가 나오고 있음을 안 순간, 나에게는 한 번도 들은 적 없는 잡음들이 들리기 때문이다. 들은 적은 없지만, 다큐에서 본 적 있는 것인지 모르겠지만 어쨌든 느껴진다. 바람 소리, 개 짖는 소리, 아이들이 노는 시끄러운 소리까지. 그 모든 소리들이 선명해진다. 내게 남은 일부를 휘감으며 소리들이 몰려온다.

나는 마지막 남은 아버지의 규칙을 되돌리려 애를 쓰지만 그럴수록 나의 몸은 그리고 또 하나의 나, 어린 선의 몸도 사선으로 빗금을 치며 조각조각 사라져간다. 조용히 돌아서는 그의 뒤를 붙잡고 발버둥을 치지만 우리의 몸은 어느새 조각조각 낮게 더 낮게 내려앉고 그에게 서서히 흡수되고 있다. 마치 처음부터 우리는 그가 태양이나 밝은 빛 아래 있을 때만 존재하는 그의 그림자였던 것처럼.

내가 사라지면서 한눈으로 본 세상은 그 남자의 뒤에 남은 새로운 문이다. 나의 남아있는 아이비 줄기가 그곳을 향해 손을 뻗지만 푸른 잎사귀도 줄기도 누렇게 변색되며 떨어지고 있다. 규칙들이 무너지고 사라져간다. 아니, 그런 건 처음부터 없었는지도 모르겠다.

3

아버지의 뜻처럼 흡수된 그들은 투명한 피부로 이루어진 팔을, 손가락을, 그리고 그 얼굴까지도 내게 선물하고 떠났다. 아버지의 프로젝트는 성공적이다. 아버지는 완벽주의자였다. 하지만 완벽한 사람도 죽음을 예측할 수는 없었다. 나를 대신할 존재는 만들었지만 자신의 죽음을 대비할 만한 완벽한 계획은 없었던 거다. 그게 아버지의 한계였다.

훌륭한 유전자를 가졌지만 아이를 낳고 키우다가 우울함에 미쳐가던 내 아내는 어느 순간 자신을 지우기 위해 몸에 불을 질렀다. 불에 검붉게 사라져가는 엄마를 향해 손을 뻗은 선은 본능적으로 엄마를 그 불에서 꺼내고 싶어 했다. 우수유전자 학회에서 만나 합의하에 서로를 선택한 우리 부부에게 선은 태어나기 전부터 기대되는 아이였다. 하지만 육아 스트레스로 미쳐버린 나의 아내는 그 어린 우리들의 완벽한 선을 불완전한 존재로 만들어버렸다. 의식은 있지만 소생불가 의학적 판정을 받은 내 아이 선을 위해 내가 할 수 있는 건 아직 실험 중인 프로젝트를 내 아들 선에게 적용하는 길밖에 없었다. 그게 성공한다면 나는 내 아내도 살릴 수 있을 것이라 믿고 장례는 치르지 않았다. 이미 죽어서 의식은 없지만 나의 기억으로 인공 뇌를 키워서 냉동 보관해둔 아내에게 그걸 잘 심어준다면 가능할 것이다. 아무도 시도한 적 없는 이 실험은 완벽하게 비밀리에 진행될 것이며 마스터키는 내 아들 선만이 가질 수 있다. 이 프로젝트는 내가 죽어도 그대로 진행될 것이며 이후 인간의 완벽한 삶을 보장하기 위해 모두 기록되어 남겨지게 될 것이다. 현재 모델1은 실패한 것 같다. 아직 2와 3은 본체인 나의 선에게서 추출한 나노 단위 세포로 다시 구조 쌓기를 진행 중이다. 이번에 성공한다면 내 아들 선은 완벽하게 다시 살아날 것이다. 천재 피아니스트에게 필요한 손이 자라날 날을 기대한다.

다행히 아버지의 유언대로 일은 잘 진행되고 있다. 남아있는 저 문의 Key가 곧 내게 주어질 것이고 정확히 24시간 뒤에 모델4는 다시 태어날 것이다. 언제 죽을지는 가끔 시간차가 존재할 수 있기 때문에 정확하게 말할 수 없지만 죽는 게 언제든 다시 태어날 시간은 정해져 있다. 그것은 알람처럼 정확하게 일어나야 할 규칙이다. 태어나야만 삶은 시작되고 시간은 흐른다. 무섭도록 정확한 규칙인 것이다. 어긋난 적도 없지만 어긋나서는 안 될 일이다.

내 손에 마지막 Master Key가 생기고 있다. 어쩌면 내게 남은 마지막 기회일지도 모른다. 시작이라는 것을 정해놓은 그 어느 시간으로 돌아갈 기회. 이미 진행되었어야 할 완벽한 삶을 그 원래 방향으로 돌려놓을 수 있는 마지막 열쇠를 후회 없이 돌릴 수 있는 기회 말이다. 나는 방금 생긴 열쇠 구멍에 그것을 꽂고 한 방향으로 돌려본다.

모뎀4가 눈을 떴다. 나는 그 눈을 들여다보고 있다. 아직 눈은 흐린 회색빛이다. 스스로 조율을 마친 눈동자에 서서히 까만 동공이 생겨나고 있다. 나도 모르게 눈물이 흐른다. 모뎀4도 눈물을 흘린다. 눈물은 입력된 것이 아니다. 내 뇌의 주파수로 상황을 의도한 것은 더더욱 아니다. 분명 이건 아니다. 정해놓은 규칙이….

"엄마, 나야. 엄마 아들 선."

모뎀4가 손을 내민다. 나는 푸른 아이비 잎이 무성한 여인의 손을 빛나는 다섯 손가락을 내밀어 잡는다.

"그래, 이거야. 완벽해. 적어도 오늘 하루는……."

또다시 내 삶이 리셋되었다.

작가의 말

제주시 도두에서 이호, 내도까지 이어진 해안도로를 달리다 보면 애월까지 그 길이 이어질 것이라 당연하게 믿는 자전거 여행자가 있다. 하지만 끝없이 이어질 것 같은 자전거도로는 외도 바다 산책로에서 끊기고 만다. 그런 사실을 알지 못한 채 그 길에 들어선 여행자들의 선택은 두 가지다. 그냥 무시하고 달리거나 가던 길에서 방향을 틀고 다른 길을 찾거나….

늘 그 길을 산책하는 사람은 금지 표시가 된 길을 달려오는 자전거가 당연히 불편하다. 이해해주고 싶지만 그 길은 바다 위에 얹어놓은 나뭇가지 같은 연약한 조립식 도로이기 때문이다. 태풍에도 견디지 못하고 가끔은 손잡이나 바닥이 쉽게 파손되는 그런 연약한 몸뚱이의 길 말이다. 누가 연약한 이의 등에 무거운 짐을 얹겠는가.

누구든 낯선 길에선 이방인이다. 같은 공간을 쳇바퀴 돌 듯 살아가는 토박이의 당연한 일상이 오히려 이방인의 눈으로 보면 거슬릴 수 있다. 토박이든 여행자든 그들 모두는 그냥 지나가는 행인 중 하나일 뿐이다. 지금은 토박이처럼 행동하지만 나 역시 처음 이곳에 이사 왔을 때 마을의 모든 토박이들에게 낯선 이방인이었다. 이곳은 내게는 사방이 낯선 사람 천지였고 익숙하지 않은 낯선 시골 풍경이 전부였던 곳이다. 이곳에서 꽤 오랜 시간을 머물며 마트나 식당, 카페의 단골이 되었지만 단골 가게가 사라지고 마을 주민과는 아직 낯설었던 나는 쉽게 다시 이방인이 되어버리곤 했다.

친해진 이웃들도 있었지만 내가 사는 곳이 아파트라서 그런지 아니면 시골 느낌의 생활이 불편해서 그런지 그들은 겨우 친할 만하면 이사를 했다. 문화생활이나 교육환경을 더 쉽게 영유할 만한 도회적인 이웃 동네로 이사를 가거나 때론 제주를 벗어나버렸다. 그렇게 다시 이곳에 홀로 남겨진 나는 다시 새로운 이웃에겐 이방인이 되고 새로 이사 온 또 다른 이방인과는 어색한 눈빛으로 인사를 나누게 된다. 쉽게 벗어날 수 없는 굴레처럼 나도 그 사람들도 이방인의 삶을 끝없이 반복하며 살고 있다.

어느 순간부터 당연한 듯 살아온 모든 시공간이 사라지고 다시 지어지는 건물이나 도로들, 그리고 들어서는 이방인들. 그 모든 것들 사이로 어색하게 서 있는 내게, 어울려 살고 싶다면 받아들이라고 세상은 말한다. 그것은 너에게 주어진 공평한 기회라고 말이다. 새로운 것을 받아들이지 못하는 순간이, 그것을 고집으로 거부하는 순간이 네가 처한 이 현실에서 멀어지는 순간이라고. 그러니 공평한 그 기회를 수용하라고 말이다.

그렇게 우리 사이로 흐르는 시간은 이미 익숙해버린 것들을 뒤로하고 다시 새로운 삶을 살라 한다. 누구든 어느 때든 잘 발달되고 다져진 도구를 쉽게 다룰 수 있는 공평한 기회를 줄 테니 또 한번 그냥 클릭만 해보라 한다. 세상은 우리에게 그렇게 한번 더 이방인으로 살아가라 한다. 하지만 그것에 대해 생각하고 판단하게 되고 적응하는 속도보다 빠르게 그 시간이 먼저 앞서 가서 기다리고 있음을 알기에 우리들은 가끔 두려워지는 게 아닐까.

이번 책을 쓰며 나는 그런 누군가의 시간과 기억에 대해 생각해 보았다. 아니 솔직하자면, 거의 그것에 집중하고 있었음을 글을 다 쓰고 정리하는 과정에서 번쩍 깨달았다. 시간과 기억. 없어서는 안 될, 하지만 있었던 건가 모르게 흘러가버리거나 지워지는 조각들에 관해….

기억 속 아버지는 중환자실에서 내게 두 번째 책을 내야 하지 않냐면서 얼른 집에 가서 글을 쓰라고 하셨다. '나 괜찮다'는 말을 반복하며 애써 나를 안심시키던 아버지의 그 말씀은 결국 내게 남긴 유언이 되고 말았다. 아버지의 그 말씀을 새기며 집필하는 내내 한번에 쉽게 껴 맞출 수 없는 기억의 조각들은 가끔 혼돈을 일으키기도 했다. 집필하는 몇 년의 시간 동안 그게 늘 마음에 걸렸던 것 같다. 시간에 얽힌 나와 너의 삶은 가끔은 작품 속 주인공이 아닌 나 자신의 낯설고도 날선 삶의 이야기임을 알기에. 그리고 그때마다 얼마나 많이 지우고 다시 채우며 흔들렸던가를 누구보다 잘 알기에.

첫 수록작품인 '유리그물'은 세 명의 인물이 주인공이다. 늘 그렇듯 나의 작품에는 비범한 인물과 더불어 특별한 상징이나 매개체가 등장한다. 이 작품 속 세 명의 인물은 각자의 자리에서 같은 시간에 '껌'이라는 상징적 매개체로 엮여 있는 그들의 이야기를 들려준다.

한 인물은 아픈 몸과 마음을 잊기 위해 고통의 시간을 벗어나려 껌을 씹어대고, 다른 인물은 자신의 힘든 시간을 보상해줄 또 다른 사랑을 꿈꾸며 앞 인물이 씹을 껌을 사는 일로 하루를 마무리한다. 마지막 한 인물은 겉으로는 행복해보이나 실제 삶은 그저 죽지 못해 살아남기 위해 껌을 씹어가며 온갖 치욕을 견뎌내고 있는 중이다.

그 세 인물은 같은 아파트 같은 층에 사는 이웃이다. 그들은 이웃에 살면서도 서로를 잘 모르고 지낸다. 그렇기에 각자의 상황을 모르고 가끔은 소리나 실루엣의 느낌으로, 때론 피폐한 일상에서 만나는 친절한 말 한마디로 서로를 오해하고 착각하게 된다. 그렇기에 서로에 대해 알고 싶어 하는 호기심은 오히려 지나친 상상으로 꿰어지게 되고 상상 밖의 오류를 일으키게 되기도 한다.

작품 속 공간은 아파트와 편의점이라는 작은 공간을 벗어나지 않지만 그들 세 인물의 삶은 멀리 다른 공간에 살고 있는 사람들인 것처럼 느껴진다. 그들은 자신의 고통에 사로잡혀 정작 바로 가까이 있는 가족이란 존재의 마음이나 바로 옆집에 사는 이웃의 아픔을 들여다볼 여유가 없다. 그렇기에 서로에게 이어져 있는 인연의 진실을 알아볼 만한 어떤 눈치조차 없다.

이 작품은 우연히 편의점에서 껌을 사다가 늘 가지고 다니던 포인트 카드를 집에 두고 온 까닭에 할인이 아쉬웠던 나의 좀스러워 보이는 일상에서 시작되었다. 그 작은 돈을 할인받지 못해 아쉬워하던 나, 거기에다가 때론 바빠서 때론 몸이 아파 짜증나서 서로를 신경 쓰지 못하던 가족의 모습. 거기에서 발단이 된 건지는 몰라도 우리를 닮은 다른 부부간 말싸움을 우연히 보고 나서 이 작품을 쓰게 되었다.

실제로 그 싸움은 이른 아침부터 아이들 놀이터에서 한 부부가 말다툼을 하는 데서 비롯되었다. 나는 그날 고함을 지르는 남자의 목소리 때문에 밖을 보게 되었는데 창문 밖에서 일어나고 있던 그 싸움은 점점 극에 다다르고 있었고 결국 있을 수 없는 일이 일어나고야 말았다. 부부싸움 끝에 격분한 남자가 갑자기 아파트 옥상으로 달려가 뛰어내린 것이다. 그 모습은 그 남자의 아내도 그 싸움을 만류하던 경찰도 서로에게 관심 없던 낯선 이웃들 모두에게도 충격 그 자체였다.

우리는 각자 주어진 시간 안에서 각자가 꿈꾸던 삶을 얼마만큼 살아내고 있을까. 시간은 앞을 향해 열려 있고 그렇기에 누구에게든 새로운 오늘이 펼쳐질 것이다. 아무도 원치 않던 이별 때문에 누군가는 아프고 힘들겠지만 시간이 기다려주지 않으니 우리는 멈춰 있을 순 없는 것이다.

소설 '유리그물' 속 주인공들 셋에게 주어진 그 시간들은 유리 같은 것이라서 보이지 않지만 베일 것처럼 날카로울 수도 있는 그물 같은 삶을 의미한다. 그것은 붉은 피를 보든 아무 일도 없는 듯 살아가든, 어쨌든 스스로 각자의 방식으로 벗겨낼 수밖에 없는 것이다. 그렇기에 유리그물은 얽혀 있어 벗기기 힘든 구속으로의 의미보다는 피는 좀 날지라도 누구라도 깰 수 있는 것으로 설정해 보자는 데에서 지어진 제목이다. 그들 셋 모두에게 나는 절망이 아닌 희망이라는 이름의 또 다른 시작을 선물하고 싶은 마음이었던 것이다.

두 번째 수록된 작품 '새가 날지 않는 시간'은 남의 마음을 치유하는 심리상담가이자 소설을 쓰는 작가가 주인공으로 나온다. 남의 말을 들어주고 그 대가로 돈을 받는 한 남자. 그가 남과는 다른 특이한 이명을 겪고 있다는 데서 이야기는 시작되고 있다.

나는 가끔 비명을 지르는 것 같은 소리를 과수원에서 들은 적이 있다. 아울러 들려오던 슬픈 소 울음소리까지. 비명을 지르는 새소리에다가 아이를 잃었기에 그리 운다던 어미 소의 슬픈 소리까지 듣다가 집으로 돌아왔기 때문이었을까. 그 후로 가끔씩 나는 이명에 시달렸다. 뇌에 이상이라도 생겼나 싶게 며칠을 이명에 시달렸는데 어느 날 뚝 그치고 다시 이명이 들리지 않다 보니 병원 예약은 미뤄지기 일쑤였다.

아이러니하게도 오히려 이것을 소재 삼아 이 글을 쓰게 되었다. 비명을 지르는 새소리와 아이 잃은 어미 소의 울음소리와 이명. 게다가 어느 날 저녁에 잠깐 나왔다가 보게 된 달의 개기월식까지. 그렇게 계획에 없던 소설의 모티브가 정해지고 있었다. 듣고 싶은 것만 들은 것일 수도 있고 보고 싶은 것만 보게 된 것일 수도 있지만 내게 이 소설은 그렇게 우연한 상황이 겹쳐 이루어진 소중한 인연이다.

어떤 이유에서든 헤어진다는 것은 고통이다. 주인공은 준비되지 않은 순간에 엄마를 잃었고 어린 동생과 헤어졌으며 견디기 힘든 일들로 인한 감정들이 그의 귀를 통해 이명을 일으켰다. 주인공의 온몸은 감정이 쌓인 쓰레기통이 되고 말아 벌레처럼 기어 다니는 기억의 고통을 매순간 견뎌내다 보니 이명이 반복되는 병적 증상을 겪고 있었다. 자신과 같은 감정 쓰레기통으로 얼룩진 내담자 수를 통해 주인공은 과거 자신의 아픔을 그녀에게 이입하게 되고 오히려 자신과 동일시하게 되는 모습을 보인다. 상처로 얼룩진 그녀지만 자신과 달리 오히려 당당하게 행동하는 수의 모습을 통해 주인공은 조금씩 변화하게 된다.

자신이 외면하고 싶던 어머니에 대한 기억 한 조각과 그로 인해 마주하고 싶지 않던 과거 기억에 머물러 있던 주인공의 두려움은 개기월식의 어둠에서 벗어난 새로운 시간과 함께 녹아내리게 된다. 잃어버린 동생과의 재회를 앞두고 약으로도 치료되지 않던 주인공의 이명 증세가 점점 치료되어 가면서 비명도 사라지게 된다.

누구든 하나씩 상처를 가지고 산다. 그것은 살아가는 내내 무언가에 도전할 기회를 주저하게 만들기도 한다. 그것을 극복하는 일은 어쩌면 살아가는 내내 가질 수 있는 가장 큰 용기일지도 모르겠다. 때론 발목이 잡히는 그 상처에 대한 트라우마를 극복하지 못하고 그냥 그대로 그것을 안고 살아가기도 한다. 어떻게 살아가는 것이 옳다고 말할 순 없지만 자신에게 드리워진 어둠의 상처를 벗겨내는 일을 내가 못 하겠다면 작품 속 주인공을 통해서라도 나는 그 기회를 주고 싶었다. 혹시 모를 누군가를 대신한다는 마음으로….

세 번째 수록작인 '조금 이른 하오'는 제목에서부터 느낄 수 있듯 시간의 문제를 다루겠다는 의도로 쓴 소설이다. 하오는 알다시피 오후의 다른 말이다. 정오를 지난 시간을 뜻하는 '하오'라는 말의 어감을 나는 개인적으로 좋아한다. 그러다 보니 글보다는 제목이 먼저 생각나서 글을 쓴 경우다. 가끔 제목이 먼저인 글도 있고 제목 없이 글부터 쓰는 경우도 있지만 제목이 먼저인 글은 그 제목의 매력에서 비롯된 탓에 다른 제목으로 바꾸거나 하는 경우는 거의 없다. 아집일 수도 있지만 제목이 먼저 정해진 경우는 적어도 집착이라기보단 창작 자체를 즐거운 작업으로 여기고 있다고 느끼는 경우가 많다.

겨울마다 생기고 봄이면 사라지는 단골 붕어빵집이나 호떡집을 다니다가 생각난 이 이야기는 거기에 사교적이지도 못하고 친절한 마음을 드러내지도 못하는, 그저 살아가느라 물건을 팔 뿐인 평범한 한 남자를 보고 작품의 줄기를 잡게 되었다. 사건의 중심 소재인 사탕은 저혈당 쇼크를 대비하려고 비상용 사탕을 가지고 다니던 내 아버지의 모습에서 가져온 상상의 재료였다. 그리고 몇 년 전에 소아당뇨를 겪는 아이의 이야기를 들은 적이 있는데 평생 아파하며 스스로 인슐린주사를 맞아야 살아갈 수 있다는 안타까운 실화였다. 그 이야기를 접하고 나니 무엇을 써야 할지가 어느 정도 정해졌다.

나는 우선 누구나 생각하는 가족의 의미를 받아들이기엔 아직 서툰 주인공을 이야기를 이끌게 될 관찰자로 설정했다. 그의 눈을 통해 낯선 이들의 모습을 관찰하면서 이루어지는 사건이 필요했다. 가진 게 없어서 주고 싶어도 아무것도 줄 수 없는 가족과 가진 건 있지만 가족이란 존재든 이웃이든 특히 여자를 만나면 얼음이 되어버리는 한 남자의 내면의 갈등. 거기에 좀 더 극적인 사건을 엮어보기로 했다. 창밖의 이방인을 바라보는 한 남자의 시각을 통해 나에겐 당연한 일상이 누군가에겐 혼돈이 되어버리는 경우의 수를 보여주고 싶었다.

누구나 당연히 받아들이는 하오라는 시간이 한 가족에겐 뜻밖의 시간적 오류를 일으키게 되는 해프닝이 되고 그 해프닝에 담긴 오류의 기억은 하오라는 아이와 마트 주인인 주인공의 어색한 만남에서 극에 달하게 된다. 누구에게든 주어질 그 당연한 것들이 누군가에게는 당연하지 않은 일상이 되어버리는 순간, 그것을 가족이라는 의미에서 견뎌내려 한 하오라는 아이가 갖고 싶던 그 행복의 의미를, 그 안에서 완성되는 진정한 사랑의 의미를 나는 보여주고 싶었다.

11시 50분이라는 가짜 하오의 상징적 시간과 저물어가는 우리들의 모든 일상이 잠든 순간 다시 내일로 가기 위해 나는 구멍이라는 매개체를 잠깐 등장시켜 '아픈 기억 지우기'를 슬쩍 마무리로 넣어 보았다. 누구에게나 행복할 권리는 있다. 그 누구에게든 그 행복을 만드는 시간은 그리고 그것을 바라보는 마음은 각자 다른 방식으로 이루어질 뿐. 늘 그렇듯 행복은 다시 시작되는 오늘을 살아가는 이들에게 주어진 선택의 몫이다.

네 번째 수록작인 '카노푸스'는 한 친구의 부고를 들은 충격으로 나는 살아남아야겠다고 생각하게 된 순간 주인공에게 전개되는 이상한 상황들을 다룬 이야기다. 그 이상한 상황들의 연결고리는 알고 보면, 시한부 선고를 받고도 그것을 결코 받아들일 수 없고 죽고 싶지도 않다는, 주인공이 만들어낸 절박함에서 비롯된다. 나는 그를 통해 잠시 자신의 기억을 거부하면서까지 해피엔딩을 꿈꾸는 '기억의 유체이탈'이라는 특별한 상황을 부여해보고자 했다.

실제로 주인공이 앓고 있는 병의 부작용 중 하나가 해리성 기억 장애 또는 치매 증상이라는 점에서 이야기의 코드를 과거와 현재, 나와 한울과의 기억에 맞출 수 있었다. 남의 기억을 들어주는 주인공이 (자신의 아픈 기억을 거부하고 살아가고 싶어 하는 내담자의 기억으로 잠시 동화된다는 설정) 과거와 현재라는 두 시간을 아우르는 매개체인 김치찌개를 완성하는 과정에서 내담자는 물론 자신의 기억까지 치유해가는 형식을 취하고 있는 것이다.

고통의 기억인 가위를 통해 내담자와 상담사 간의 특이한 상황을 하나로 어우러지도록 만들어내는 음식의 조리과정의 순서로 이야기를 풀어가는데 거기에는 주인공의 과거와 현재의 상황에 카노푸스라는 별자리가 지닌 무병장수와 행복의 기운이 닿기를 바라는 마음이 들어 있다. 나는 과거와 현재에서 잠시 길을 잃은 주인공을 기억의 오류라는 선택을 통해 과거에서 벗어나지 못한 그 자신과 화해시키고 싶었다.

작품 말미에도 나오듯이 '카노푸스'는 꽤 오래전에 국립제주박물관 전시 포스터에 나온 문구를 보고 쓰게 된 작품이다. 카노푸스는 보통 노인성이라고도 불리는 별인데 흔치는 않지만 제주에서 관측될 때가 있다고 한다. 흔하게 볼 수 없는 별이기에 주인공이 진정 찾고 싶어 하는 삶의 의미, 살아가야 할 이유에 대해 그 별이 상징적으로 쓰이기에 적절하다는 생각이 들었다.

주인공의 어릴 적 기억은 사실 죽음에 대한 나의 첫 경험에서 시작되었다. 내가 기억하는 죽음에 대한 첫 경험은 유년의 기억에서 유래한다. 어릴 적 키우던 강아지 레니의 갑작스런 죽음이 그것이다. 나는 강아지 레니를 떠나보내고 밤하늘을 보다가 가장 밝은 별 하나를 레니라고 스스로 이름 지어주고 자주 그 별을 찾아보곤 했다. 별에는 사랑하는 이의 영혼이 깃들어 있다고 믿던 나의 유년이 이 소설을 쓰게 만들었던 것이다. 나처럼 누구든 마음에 별 하나를 새기고 살던 유년이 있을 거라는 믿음에서 바로 주인공의 이야기에 그 모티프를 마련할 수 있었다.

마지막에 수록된 '리셋'은 다른 소설과는 다른 느낌으로 쓰고 싶었던 작품이다. 이 소설은 2016년에 문득 '완벽'에 대한 생각을 하다가 떠오른 단상으로 집필하게 되었다. '완벽'이란 단어 하나만으로 떠오른 상상이지만 그 바탕은 언제나 그렇듯 일상을 살아가는 우리들의 모습에서 시작되고 있다. 누군가의 그림자로 살아가고 있는 사람들과 그 그림자 위에 군림하면서 누구보다 자신의 삶을 완벽하게 살아간다고 믿는 이들이 우리 사회에는 많다. 빠르게 흘러가는 시간 속에서 완벽함을 강요받는 사회 구성원들은 어디까지가 그 완벽의 끝인지를 알지 못한 채로 때론 무모하게 도전하고 때론 스스로를 포기함으로써 쉽게 그 삶을 포기하기도 한다.

누구에게나 완벽을 꿈꾸는 시간이 존재한다. 그 시간은 희망을 향해 나아가는 것이어야 한다는 걸 누구든 알고 있다. 하지만 우리는 지금 어디쯤에서 무엇을 완벽한 삶이라고 믿고 살아가고 있을까? 그걸 수치로 표현할 수는 있을까? 이 소설은 그것을 모티브로 삼고 쓰게 된 글이다.

남자든 여자든 신은 처음부터 공평하게 삶의 시간을 나눠줬다. 그들에게 주어지는 그 시간들이 때론 한 사람의 희생을 통해 또 다른 한 사람을 위해 쓰이기도 한다는 것은 이상한 일도 아니다. 이 작품은 완벽한 아이로 태어나 여자라는 존재로 자라나 완벽하다 믿는 남자라는 존재인 타인을 만나 오롯이 내 분신 아이를 위해 살아가다가 어느 날 문득 미쳐버린 여자에게서 시작되고 그 아이에게서 비롯되는 이야기다.

사실 그것은 과거의 내 모습에서 그 의미를 찾을 수 있다. 엄마로서의 나와 그 이전에 인간으로서 자신이 완벽할 거라 믿는 삶을 꿈꾸던 엄마 이전의 나와의 싸움. 서로 상충되며 이루어지던 지난날 혼란 속의 나 자신과의 싸움이 그것이다. 가끔 어떤 이는 그것을 받아들이고 가끔 어떤 이는 그것을 내팽개치고 뛰쳐나가고 가끔 어떤 이는 이도 저도 아닌 게 혐오스러워 자신을 불태워버리기도 한다.

언제나 그렇듯 살아가는 길에 답은 없다. 완벽을 꿈꾸는 그들에게도 미처 보살피지 못한 자신의 부족함을 깨닫는 시간이 있고 그 부족함을 어떻게든 다른 것으로 보상해주고 싶은 마음이 있을 테니. 지나간 시간을 되돌릴 수 없음을 알면서도 우리는 새로운 시간을 만들어 과거를 지우고 다시 시작하려 애쓰는 행동을 하고 싶어진다. 하지만 그러는 사이 또 다른 희생이 생기게 되고 그 희생의 가치는 또 덧없어지고 만다는 데에서 매순간 갈등은 반복된다.

완벽한 것은 어디에도 없다. 내가 이룬 완벽은 누군가가 부수기 위해 만들어진 레고 같은 것일 뿐. 다시 쌓으면 그 형태가 바뀌고 조금 덜어내면 완벽에서 벗어날 것만 같은, 자신만의 완벽하다 믿는 성벽 같은 것이다. 누군가는 그 성벽이 빈틈이 없이 그대로 보존되길 바라고 그 누군가는 그 성벽을 부수기 위해 손에 쥘 많은 도구를 상상하기도 한다. 누군가는 이미 그 도구를 지니고 그곳으로 달려가고 있다는 것이다.

이 소설에 등장하는 인물들은 제발 오늘 단 하루라도 실수 없이 실패도 없이 완벽을 꿈꾸는 우리들의 소망을 품고 있을지도 모른다. 누군가 그 소망을 위해 달릴 때 나는 그 누군가를 뒤에서 밀어 희생시켜서라도 이기고 싶어 한다. 그것은 어쩌면 당연한 일로 합리화하는 흔한 악의 모습일지도 모른다. 경쟁 속에 서로 다른 몽상을 꿈꾸는 우리들. 우리가 완벽은 없음을 깨닫지 못하는 사이 24시간 우리들의 분신인 그림자는 경고의 문구를 보낸다. 이제 그만 완벽주의 삶에서 벗어나라고, 너 자신을 놓아주라고. 그리곤 귓속말로 비밀스런 진실을 알려주겠지. 리셋 버튼만으로 지울 수 있는 그런 삶은 없다고….

2019년 첫 소설 『전갈자리 아내』를 출간하고 두 번째 소설집을 준비하는 동안 나에게는 꽤 많은 일이 있었다. 2020년 아버지가 내 곁을 떠났고 그해에 나는 어렵게 얻은 막내를 잃을 뻔했다. 그리고 그해 가을, 태풍이 지난 후 한숨을 돌릴 때쯤 나의 오랜 글벗을 잃었다.

첫 소설집을 냈다고 기뻐했던 순간보다 내게는 이상하게도 쉴 새 없이 밀려드는 '죽음'이란 험한 단어로 정신없는 상태였으며 여느 해보다 슬픈 시간들이 배로 늘었던 날들이었다. 하지만 어릴 적부터 눈물이 참 많아서 울보라 불렸던 나는 이상하다 할 만큼 눈물이 없었다. 슬플수록 울지 않게 된 나는 그해만큼은 이상한 울보였다.

생각하면 할수록 슬픔의 집에서 빠져나올 수 없음을 알게 된 나는 슬픔에서 벗어나는 방법으로 슬픔을 미뤄두게 된 것이었다. 눈물을 잘 저장해두자고 마음을 먹는 순간 그렇게 나는 더 이상 슬퍼하지 않는 사람이 되어 있었다. 가끔 밀려드는 슬픔에는 멈추라는 신호를 보냈으며 그러면 이상하게도 슬픔은 그 머리를 잘라냈다. 아버지의 사진을 보지 않으려 했으며 아버지가 좋아하던 것들이 생각나면 머리에서 지우려고 했다.

두 번의 제사를 지냈지만 아직도 울컥 눈물이 나려 한다. 감정을 언제까지 억누를 수 있을지 알 수는 없지만 사실 슬픔이 생기려고 하는 건 지울 수 없는 기억 탓이니 어쩔 도리가 없긴 하다. 그래서 나는 미뤄뒀던 슬픔이 큰 파도로 덮칠까 봐 가끔 두렵기도 하다. 죽음에서 살아남아 고마운 막내를 등교시킨 후에 건강하게 잘 지내다 오라고 매일 문자를 보낸다. 그것은 어쩌면 내가 괜찮고 싶어서 보내는 나를 위한 위로의 문

자일지도 모른다.

이제 다시 낯선 시간이 익숙해질 즈음 나는 또 다른 낯선 시간을 접하게 될 것이다. 때론 무너질 수도 있으며 때론 쉽게 지나갈 수도 있을 것이다. 시간이란 늘 그런 것이다. 시계를 거꾸로 돌린다고 시간이, 그 기억이 뒤돌아서서 과거를 바라보진 않을 테니까. 보내는 법을 알지 못하지만 나는 나도 모르게 그렇게 시간들을 보냈다. 앞으로도 아직 정해지지 않은 미래의 시간이 있을 테니 내가 모르는 사이 흐른 나의 시간들에 적어도 억울하진 않다.

기억은 쌓이고 시간은 흐르고 있다. 누구에게나 공평하게 정해둔 시간이라는 피자 조각에 나는 오늘도 어떤 토핑을 올려야 할까를 고민한다. 삶을 채우는 수많은 다양한 토핑들이 이왕이면 행복한 맛이었으면 좋겠다. 이제 얼마나 맛있는 삶을 살아가는가는 주어진 시간을 잘 살아내야 할 모든 살아남은 자들의 몫이다. 기억과 시간을 열 손가락 반지로 만들어 낀 그 녀석이 말한다. "나 아직 여기 있다."라고….

나는 알고 있다. 내 손가락들은 아직 해석되지 못한 모스 부호의 몸짓인 것을… 오늘도 살아남은 나는 삶의 자판에 자음과 모음을 입력하는 중이다.

2022년 가을
두 번째 소설집을 내며
문혜영

에필로그

내 시간은 가방에 안전하게 들어 있어

잘못될 리 없어.

곧 내 시간을 다 쏟을 만한

완벽한 것을 찾겠지.

-『여행자』(대런 심킨, 대니엘 심킨) 중에서